徽商故事 清代

HUI SHANG GU SHI QING DAI

董家魁　孟颖佼◎编著

安徽师范大学出版社

· 芜湖 ·

责任编辑:孙新文

装帧设计:陈　爽

图书在版编目(CIP)数据

徽商故事.清代/董家魁,孟颖佼编著. —芜湖:安徽师范大学出版社,2016.1(2018.12重印

ISBN 978 - 7 - 5676 - 2263 - 0

Ⅰ.①徽… Ⅱ.①董… ②孟… Ⅲ.①故事—作品集—中国—当代

Ⅳ.①I247.8

中国版本图书馆 CIP 数据核字(2015)第 274789 号

徽商故事(清代)

董家魁　孟颖佼　编著

出版发行:安徽师范大学出版社

芜湖市九华南路 189 号安徽师范大学花津校区　邮政编码:241002

网　　　址:http://www.ahnupress.com/

发 行 部:0553 - 3883578　5910327　5910310(传真)　E - mail:asdcbsfxb@126.com

印　　　刷:日照教科印刷有限公司

版　　　次:2016 年 1 月第 1 版

印　　　次:2018 年 12 月第 3 次印刷

规　　　格:700×1000　1/16

印　　　张:13.75

字　　　数:187 千

书　　　号:ISBN 978 - 7 - 5676 - 2263 - 0

定　　　价:29.80 元

总　序

　　徽商是指历史时期(主要是明清时期)徽州府六县(绩溪县、歙县、休宁县、黟县、祁门县、婺源县)的商人所组成的松散的商帮集团。

　　徽商走出丛山,奔向全国,向以从商人数众、经营行业多、延续时间长、活动范围广、商业资本大而成为历史上的一个著名商帮。徽商的出现,在中国历史上是一个非常重要的现象,更是一个奇迹。

　　六百年徽商,对我国封建社会晚期的政治、经济、文化、社会等各个方面都产生了重要影响,它已引起中外很多学者的高度重视。

　　自从20世纪80年代以来,学术界就出现了"徽商研究热",学者们从不同角度、用不同的方法研究徽商,研究成果层出不穷,研究水平不断提高,大大深化了我们对徽商的认识。随着徽商研究的深入,人们越来越感到,徽商精神是我们当今社会宝贵的财富,进一步发扬徽商精神,对于我们今天繁荣社会主义市场经济、构建社会主义和谐社会,有着重要的现实意义。

　　徽商研究虽然取得了丰硕成果,但是这些成果基本上还没有走出学术圈,社会大众对徽商还是知之甚少,他们对徽商的了解基本上还是通过一些传说故事、电视小说而获得的，而这些往往是不准确的。

历史上的徽商究竟如何？徽商是怎么发展起来的，又是怎么衰落的？徽商做出了哪些贡献？我们今天从徽商那里应该学习什么？我们觉得应该在广大群众中大力普及徽商知识，弘扬徽商精神，传播徽商正能量。为此，我们编写了这套丛书，共有八本：《第一商帮》《贾而好儒》《经营之道》《仁心济世》《商界巨贾》《无徽不镇》《徽商故事（明代）》《徽商故事（清代）》等，分别从某一侧面较为详细地展示徽商鲜为人知的地方。为了便于广大读者阅读，我们力求做到科学性与可读性相结合，运用通俗的文字表达出来，同时配有大量插图和照片，以帮助读者进一步了解徽商。

丛书之所以命名"解码徽商"，就是要将历史上徽商的真实情况介绍给广大读者，因此全套书的写作都是严格依据史实来编写，即使是徽商故事，也不允许杜撰，而是完全有史实根据的。

习近平总书记号召，要大力弘扬中国传统文化。徽商精神也是中国传统文化的一部分，我们希望通过这套丛书为响应习总书记的号召做出我们微薄的贡献。

王世华

目　录

徽州典商的被骗与惩骗

　　近人陈去病在《五石脂》中谈到整个徽州商业时曾这样写道："徽郡商业,盐、茶、木、质铺四者为大宗。茶叶六县皆产,木则婺源为盛。质铺几遍郡国,而盐商咸萃于淮、浙。"可见徽州质铺遍布全国。

　　质铺又称典当、质库,是以实物作抵押,以换取一定贷款的行业。贷款要计息,待出当人将贷款及利息如数付清时,典铺必须将原物完好归还,如有损坏,自然照价赔偿。因此开设典当,一要有实力,二要识万货。由于实物林林总总,质地又千差万别,如无相当经验或稍不留神,往往会将赝当真,以劣为优,就会吃亏受骗,所以一般人不敢轻易开设典铺。据《歙事闲谭》卷十八载:"典商大多休人,歙则杂商五,嵖商三,典仅二焉。治典者,亦惟休称能,凡典肆无不有休人者,以业专易精也。"由于休宁商世代经营典铺,从而积累了不少经验。他们很少受骗,但偶尔也有失手的时候。

　　清人李渔《十二楼》卷五记载了这么一个故事:南京有个徽州典铺,生意很好。掌柜是个积年老手,经验丰富,也从未被骗过,东家非常信任他。某天,一名男子拿了一锭金子来当,掌柜将金子拿在手中仔细察看掂量,凭他多年的经验判定这确是十成的金子。当铺的规矩是"值十当五",就是说所贷的钱只能是抵押物实际价格的一半。于是

徽商故事（清代）

当即拿了五十两银子连同当票交给了那名男子。男子急匆匆地走了。

这时，旁观的一个青年也从包里拿了几件首饰要当，掌柜看了又看，磨了又磨。青年不耐烦地说："老朝奉，这几件首饰，所值不多，就是当错了也有限，刚才那锭金子倒求你仔细看看，只怕有些蹊跷呢。"掌柜道："那是一锭十足的赤金，决非假货，何须看得？"那人道："假不假，我虽不知道，只是来当的人我却有些认得，是个有名的骗子，从来不做好事的。"

清代当铺

这一说，掌柜倒有点心虚了，连忙重新取出那锭金子，又仔细看了看，就递给青年人道："你看，这样的赤金，有什么疑心？"那人接了，走到明亮之处一看，大笑起来，道："好一锭赤金，准值八两银子！你拿去叫大伙验一验，且看我的眼力比你怎样？"那店内伙计接了进去，磨的磨，看的看，果然试出破绽来。原来外面是真，里面是假，只有一层金皮，约有八钱多重，里面的骨子都是精铜。

老掌柜这下急了，要想追赶，又不知去向。那人道："他的踪迹瞒不得区区,你如给我酬金,包你找到。"掌柜当即许诺,就和青年人同去追赶。赶到一处,恰好那当金男子正与几个朋友在茶馆内吃茶。

掌柜立马就要上去揪他,青年人一把将他拦住道:"你是一个人,他是几个人,双拳不敌四手,万一这锭金子被他抢夺过去,拿什么赃证告他?"掌柜道:"说得对。"于是把金子递给青年人道:"你在门外守候,待我喊叫邻居,有了见证之后,你拿进来对质。"青年人把金子收了。

掌柜带了邻居直闯进茶馆,一把扭住当金男子,高声大叫起来,并说出情由。众人就让拿赃物来看。掌柜连声呼唤青年,叫取赃物进来,并不见有人答应。及至出去寻找,那青年人早已跑得无影无踪了。

当金男子见拿不出赃物,马上将脸一翻道:"我好好一锭赤金,你遇了骗子被他骗去,反要弄起我来!如今没得说,当票现存,原银也未动,快快还我原物,省得惊官动府。"四方邻居都说掌柜:"你自己不小心,被人骗去,少不得要赔还。不然,他岂会放过你?"

掌柜听了,气得眼睛直竖。愣了半天,无计脱身,只得认了晦气。同到店中,兑了一百两真银,方才打发得去。

原来这是精心策划的一个骗局。骗子事先做成两锭一模一样的赤金,一真一假。起先所当原是真的,但预先叫个徒弟也就是那个青年人带着那一锭假的立在旁边,等他走后,故意说些巧话,好动他的疑心。及至取出原金,青年人接上了手,就将假的换去,仍递与他。众人试验出来,自然央他追赶。后来那些关窍,一发是容易做的,不愁他不入套了。

当然像这样被骗的毕竟是少数,更多的是典铺掌柜凭着经验和智慧惩罚了那些骗子,让他们搬起石头砸自己的脚。下面这两个故事读后真是大快人心。

人们都知道,徽州典铺为了防止伪造当票,当票上除了实物名称外的文字故意写成狂草,戳记也是别人看不懂的,因此很难伪造。但就有这么一个地痞经过长期对当票的研究,竟习其潦草,仿其戳记,依

徽商故事（清代）

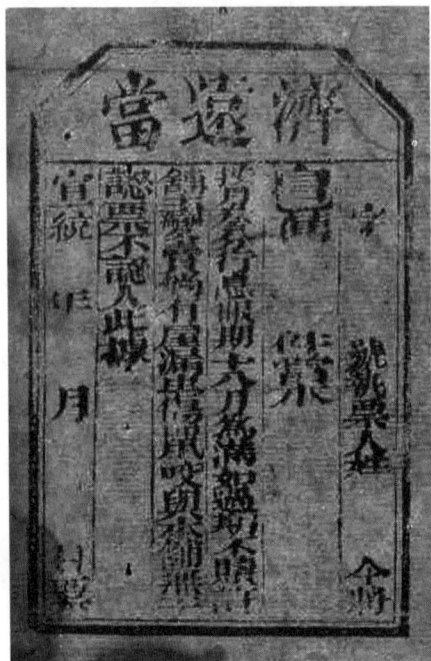

清代当票

其款式，自造伪票，企图敲诈一笔巨款。

这天一个地痞模样的中年人拿着一张当票，要求赎还原物。伙计一看，确是本铺当票，上面写着某年月日典当珍珠一颗，当银五百两。如今来赎，伙计赶忙到库房去取珠，谁知找来找去找不着这颗珍珠。这下伙计急了，又找出月号簿来查。这月号簿就是每月该铺的经营记录，凡是来当物或赎当的，每一笔都记得清清楚楚。但伙计逐日检查，就是没有这笔当珠的记录。

地痞见此情景，立马将脸一翻，叫道："如果你们弄丢了我的珍珠，必须照价赔偿。典铺规矩，值十当五，当初我当了五百两银子，那你们必须赔偿一千两。"众人急得束手无策。地痞又叫道："把你们掌柜喊来。"伙计道："我们掌柜这几天请假外出，不在店中。"地痞不依不饶："要么赔我珍珠，要么赔我一千两银子。"这么大的事，伙计们哪敢做主呢！只好赔着笑脸说："再宽限两天，等我们掌柜回来再说吧。"地痞毫不相让："行，咱们衙门见。"拿起当票扬长而去。

地痞立即写了一张状纸，状告典铺贪其珍珠，赖不赔款。不几天，县衙决定升堂审理此案。原告、被告一应到庭，掌柜也早被伙计叫回，今天也来了。

案情并不复杂。原告一口咬定典铺企图贪没其珠，要求还珠或赔款。被告伙计也坚执一理：我们店中月号簿上没有此项记录。"那这张当票作何解释？"县官问道。伙计们一时语塞。掌柜也感到其中必有蹊跷,他想,这么一大笔生意,店中决不会漏记。即便漏记,那珍珠应在,伙计们是不敢将珍珠偷走的。但这样说谁相信呢?问题是不是出在当票上?想到这里,他禀道:"大人,能否将当票给小人一看。"县官同意了。

掌柜接过当票,仔细察看,行文格式、书写字样似乎都是出自本铺的,甚至连戳记上只有他知道的特殊记号也有,无论从哪方面判断似乎都是真的。这真是太奇怪了。正当他百思不得其解的时候,他突然发现了一处破绽,立即向县官禀道:"大人,这当票是假的!"

"胡说!"地痞一听,急忙叫了起来。县官问掌柜道:"你何以证明这张当票是假的呢?"

"大人,"掌柜从容说道:"各典店规,向以年长的一个伙计书写票据,大典一般有四位伙计,小一点也有三位或两位伙计。掌柜一般都给他们每人一百张票据,写完再领。这些票据都是以木扦贯而授之,否则落纸如飞,散同秋叶矣。因此每张票据上都有木扦贯穿的小孔,大人可调来各典铺的当票查验。此票无孔,可见非典中物,肯定是伪造的。"

清代县衙

徽商故事（清代）

"你还有什么要说的吗?"县官瞪着地痞问道。地痞无言以对。县官这时将惊堂木一拍："大胆无赖,光天化日之下,竟敢公然讹诈,这还了得! 来人,拖下去打二十大板!"地痞像死猪似地被拖了出去。

这个掌柜就是凭着丰富的经验惩罚了骗子,但有时光凭经验还不够,还必须要有智慧,清人徐珂《清稗类钞》中记载了一个故事十分典型。

某天,一名男子来到一家徽州典铺,拿出一颗硕大的珍珠来典当。珍珠对于掌柜来说,经手已不计其数了,但他从未看过这么好的珍珠,他拿在手里端详良久,觉得真是一颗宝珠,众人也无不啧啧称羡。

这颗珍珠按当时估价总在一千两银子以上,典铺的规矩"值十当五",于是给了他五百两银子当了去。那人走后,掌柜又叫伙计把那颗珍珠拿来欣赏。他对着光再认真察看,终于看出是一颗伪珠。这可糟了! 显然,骗子凭空得了五百两银子,绝对不会再来赎取了。茫茫人海,到哪里去找? 掌柜一声不吭,低头沉思。这真是不可饶恕的失误,赔钱事小,而自己从业多年,一生谨慎,深得老板信任和同行称赞,如今到老了,却栽在骗子手中,实在心中不甘。

夜明珠

好事不出门，坏事传千里。老掌柜被骗的事很快传遍了南京城。过了几天，不少徽州典铺都接到一份请帖，说是那家老掌柜要向大家辞行，请大家在一家饭店聚餐话别。

届时，众同行都如约而至。只见老掌柜站起来对大家说："敝典前几天发生的事想必诸位都知道了。这确实是我的过错。我从业三十余年，尚未出过大差错，想不到临老被骗子所弄，我也无颜向东家交代。今天请诸位来，一是表明心迹，赔本自惩；二是也请诸位汲取我的教训。"言毕，吩咐伙计将伪珠拿来，放在桌上。这时老掌柜拿起一把木锤，朝珍珠狠狠砸下去，一颗巨珠立马粉碎。老掌柜此时端起酒杯，对大家说："再过两天我把店中事务交代完后就要回家乡了，诸位今后多保重。来，干杯！"大家都为他感到十分惋惜和同情。

老掌柜碎珠泄愤的事第二天就不胫而走，这可乐坏了那个骗子。当天下午，骗子就带了四五个人洋洋得意来到典铺。典当规矩，出典人只要还了贷款并支付利息，典铺就必退还原物。铺中伙计一见骗子来了，恨不得把他立即扭送报官，但如今反都吓出一身冷汗。因为珠子已没了，他要来赎怎么办？

只见骗子将赎券从怀中取出，往柜台上一放，道："千金之珠，非小事也。当初来当只因一时之急，今天来赎是要保住传家之宝。"骗子心想，这下不赔我一千两银子能行吗！话刚落音，众伙计吓得面面相觑，不知怎么办才好，一齐望着老掌柜。

老掌柜慢悠悠地站了起来，问道："你利钱带来了吗？"

骗子道："岂止利钱，所贷的五百两银子，也一齐带来了。"老掌柜吩咐伙计："来，连本带利算清楚。"不一会，算好了。老掌柜道："请把银子交清。"骗子果然从包袱里把银子取出，这当然是货真价实的银子。伙计点完，正要拿走，骗子一把按住道："且慢！"他斜睨着老掌柜，慢条斯理地道："我的传家宝呢？"老掌柜道："请稍等。"转身进库房，从

徽商故事（清代）

当铺账房先生

容取珠出。不仅骗子不相信，连伙计们也以为在做梦。骗子小心翼翼地打开纸包，只见珍珠载于缎糊硬纸片，图记加于线迹上，朱色灿然。骗子简直不敢相信自己的眼睛，颠过来倒过去地看，确实就是原珠。骗子只得拿了珍珠悻悻而去。

这真是道高一尺，魔高一丈。掌柜受骗后在想，南京这么大，要想找骗子是不可能的，必须设法让骗子自己来。如果珍珠完好保存，他是永远不会来的，只有当众毁掉珍珠，骗子才有可能再来敲诈一次。于是他设法找来一颗假珠，演出了那场碎珠泄愤的戏，果然，引蛇出洞，骗子上钩了。

商场是有风险的，骗子也永远不会绝迹的。经商既要有勇气、经验，更要有智慧，这样才能化险为夷，无往不胜。

（史华）

一文钱的故事

　　清朝时期,有两个徽州后生搭伴到苏州城,准备做一笔绸布生意。两个后生一个名字叫汪甲,另一个便是胡乙。

　　两人带着银两,背着包袱,挥别了父母,在热闹的渔梁码头上了船。船家也知道,徽州这样的后生,多半是出门做生意的,便将两人让到了船的中舱里。

　　虽说一路晓行夜宿,舟车劳顿,两人做伴也不甚着急。一天,汪甲看着两岸的风景对胡乙说:"都说'上有天堂,下有苏杭',也不知这苏州城是个什么样子?"

　　胡乙也在看景,听汪甲这么说,拿起船老大撂在甲板上的一个麻绳疙瘩头,使劲地往水里一扔说:"那个苏州城,总比我们徽州府要大上许多吧!"

　　汪甲说:"这回去苏州城趸绸布,也可以让我们能开开眼了。"

　　胡乙说:"可不是么。"

　　几天后他们便到了苏州城。在客栈住下后,两人也顾不上休息,便一同来到了苏州城里看街景。只见苏州城里店肆林立,车水马龙,人来车往,一时让两人目不暇接。

　　走到一个名为"春归院"的紫红色髹漆大门的时候,忽然有一女人叫住了他们。两人回头看，见喊他们的女人穿着水红色的绸子衣裳，下面穿的是绿色绸裤，脸颊上敷的粉白得像白垩。

女人倚在门边，用一丝绸帕子掩着嘴巴，娇笑着说道："两个小官人，打哪来啊？走累了吧，进来歇歇脚吧！"汪甲和胡乙这时便知道这门里是勾栏场所，想这个女人一定是老鸨了。

清代苏州城西门

老鸨又问："两位何处人氏？"

两人回答："我们是徽州人。"

"徽州商人，很有钱的，来玩玩吧。"老鸨一听，更是扯着两人的衣袖进了屋。不一会，从里面出来了两个面若桃花的青年女子，手上端着茶盏，送到了两人面前。两人一见，这两个烟花女子长得这么水灵，瞧那腰身那肤色，可是老家不多见的。两人这时候也顾不得品茗，一双眼睛已经盯着这两个烟花女子目不转睛了。

老鸨又让两名烟花女子给汪甲和胡乙弹唱苏州评弹，他们两人虽然听不懂，可见那俩女子手指轻弄琴弦，嗓音细腻婉转，竟让两人欲罢不能。

待到晚间两人回到寓处时，已经各自深深地恋上了烟花女子了。

于是，他们忘记了自己来苏州的目的，每日里只在"春归院"里厮混。

老鸨深知徽州商人有钱，"春归院"里有堂会夜宵等开支都让他们俩出钱，想尽办法掏空他们口袋里的银两。倒是两名烟花女子看在眼里，心里不忍，私下里就常劝他们："你们两个小官人带银两上苏州城，是来做生意的，你们天天在我们这里厮混怎么行呢？这里有多少钱花不完？到头来，你们拿什么见你们的父母呢？"

两人知道两个烟花女子说的有道理，心里感激她们的体恤，因此而愈加对她们恋恋不舍了。不多久，两人渐渐地感到囊中羞涩了，而老鸨知道后，便对他们没有好脸色了。

两名烟花女子悄悄地给他们拿来了一百两银子，送了他们每人五十两，并流着泪对他们说："我们做风尘女子，实非自愿，到如今，也只有你们两个小官人对我们割臂起誓，让我们难以忘怀。现在，你们赶紧拿着这点银子去做正事吧，再别瞎混下去了。"

清代苏州城街景图 1

徽商故事（清代）

汪甲和胡乙万分感激，虽然对两位姑娘有所不舍，却也只好和自己所恋的姑娘挥泪分别。

出了"春归院"后，两人茫然地走在大街上，看到所有的人都在买肉，买爆竹，买红纸，知道已经是年关了。两人这才想到自己到苏州城这段时间，一直都是在"春归院"里和两个烟花女子厮混，到今天一事无成，一文不名，这样怎么能回家乡见家人呢？

两人这时才认识到问题的严重性，做生意的本钱如今全花光了，幸亏两位女子送了一百两银子，还不至于走到绝路。两人非常沮丧，拿了这银子来到一家酒店，借酒浇愁。回想起这些天来的荒唐行为，两人后悔不迭。

两人让店小二给自己斟上了酒，汪甲对胡乙说："你知道我们徽州老家的那句话么？"

胡乙拿起酒来，仰起脖子喝了一盅说："哪句话？是说我们这回该吃茴香豆了吧？"

汪甲也喝了一口，说："不是这句，是临来前老母说的那句，就是我们徽州人家儿子出门做生意的时候，老母都要说的那句话。"

胡乙说："哦，是那句——儿啊，做得生意是娘的心头肉，做不得生意做鬼也孤幽。"

说到这里，两人这时心里只有懊恼悔恨了，一时间两人无话可说，只是一杯杯地喝着酒。

几杯酒下肚，晕晕乎乎，后来不知不觉回到下榻的旅馆。到了房间两人才发现，一百两银子丢在酒店了。情急之下，两人全清醒了。火速赶到酒店，一百两银子连影子也没了。两人垂头丧气回到旅馆，而老板听说他们没钱了，又逼着他们缴房租。没办法，两人只好将衣服送到当铺，当了些银子把房钱缴了。旅馆再也住不起了，他们只好住在破庙里，白天靠乞讨为生。乞讨的时候，他们总是远远地绕开"春

清代苏州城街景图 2

归院"。

转眼除夕到了,远远近近都是爆竹和灯火,两人也感到周身寒冷,便拾了一些树枝,坐在庙里生火取暖,想这便是自己的除夕了。没有想到,自己会落魄到这个地步,真是后悔莫及。这时候,汪甲忽然从空空的衣袋里面摸到了一个东西,拿出来一看是一文钱,便苦笑着对胡乙说:"当初那么多钱都被我们败掉了,现在找到这一文钱又有什么用呢?"说着,将手里的一文钱扔到附近草丛中。

胡乙看见了,立即起身跑过去将那一文钱捡了回来,拿在手上,吹了吹上面的灰说:"哎,你怎么把它扔了？这一文钱,也许对我们是有用的呢!"

汪甲说:"一文钱能有什么用?"

胡乙将一文钱放在手心里托着,眼睛盯着看,又用嘴巴吹了吹上面的灰,其实这时候,他手心里的一文钱上面已经没有灰尘了。他怔了一会,忽然对汪甲说:"你在这里等我一会,我就来。"

商业繁荣的苏州城一瞥

不一会,胡乙回来了。

汪甲见他手上捧着一堆竹片草茎彩纸鸡毛,便奇怪地问他:"你这是干啥?"

胡乙说:"别问了,你来帮我的忙吧。"说罢,他要汪甲找来一口破锅,又拣了三块石头将锅支了起来,底下生上火。胡乙从口袋里淘出了一包面粉,倒进锅中,用水将面粉调成了糨糊。胡乙又挖来一些黄土,兑上水后搅拌成泥。只见他拿起一团泥巴,七揉八搓,捏成一个小鸟模样,外面糊上彩纸,又粘上一些鸡毛鸭毛,插上一根小竹条,竟然成了一个栩栩如生色彩鲜艳的玩具小鸟了。

汪甲在一旁一直看着,不解其意,苦笑着说:"你真是有闲心,像个小孩子。想想今天是什么日子,大年除夕,我们还饿着肚子,你还当是在老家过年哪?要做这些纸玩具。"

胡乙回答说:"你别问了,今天晚上咱俩也别睡了,咱们就借着火光,做这玩具吧。"

汪甲不知他葫芦里卖的什么药，只好跟着做。两人就这样做了一夜，竟做了二三百只这样的玩具禽鸟，有的像鸡像鸭像鹅，有的像各种飞鸟。

天亮时候已经是大年初一了。两人没顾上休息，一同带着一夜做的玩具来到了苏州城里最大的寺观——玄妙观。只见观前广场上人头攒动，很多妇女都抱着小孩前来观中烧香祈福，各种卖小吃的早已吆喝成一片了。他们高举着玩具禽鸟，那些孩子一下子被他们吸引了，纷纷嚷着要妈妈前来购买。十几文钱一只，不一会，他们手中的玩具就卖光了，这真让汪甲没有想到啊。

回到庙中，胡乙让汪甲把赚来的钱数一数。汪甲数完后一看赚了五千多文钱，满脸狐疑的汪甲这才和胡乙哈哈大笑，他心里佩服胡乙的脑子灵活，不由问道："你那一文钱究竟干了什么？"

胡乙说："一文钱也只够买那点做糨糊的面粉，竹片草茎鸡毛彩纸全是在地下捡的。"

两人在一家店里好好地吃了一顿后，又去买了些新的彩纸和面粉，两人商量着又做了些人物花草玩具拿到玄妙观去卖。

就这样，两人晚上做玩具白天去卖，早起晚睡不敢懈怠。这样他们接连卖了好多天，赚了一笔钱。

终于走出了绝境。两人在一起盘算，这样的生意不能再做了，必须另辟新路。于是两人用这笔本钱又做了其他生意，不久就赚了更多的钱。于是他们赎回了当铺里的衣服，又买了一间居住的平房。他们共同发誓：改邪归正，一心经商。短短一两年时间，他们的生意越做越大，一共赚了几万两银子。

"山重水复疑无路，柳暗花明又一村。"两人又来到当初丢失银两的那家酒店，一边喝酒，一边回忆往事，两人感慨万千。汪甲说："我们走的这段弯路真是够大的了，今后要永远记住这一教训啊！"胡乙完全赞同，并说："不管怎么说，当初那两位姑娘能够给我们一百两银子，我们是不能忘记的。"一提起这件事，汪甲当然也有同感。他忽然想到一个主意："现在我们是有钱了，但她俩仍在受罪，不如我们把她们赎出来让她们跟着我们。""太好了！"胡乙拍手同意。就这样，两人花了重金将两位姑娘从妓院赎了出来，并分别娶了她们。两家还约定，今后世世代代结为姻亲。

四人经过认真商量，决定在苏州开一个布绸店，起什么名字呢？想来想去大家一致赞成就命名为"一文钱"，要让子孙们永远牢记这段曲折的经历和惨痛的教训。

后来，不仅"一文钱"布绸店生意红红火火，汪甲、胡乙两人的其他生意做得也很好，终于成就了大业。

（谢燎原）

"一夜成池"的徽商汪太太

"扬州好,侨寓半官场。购买园亭宾亦主,经营盐典仕而商,富贵不归乡。"这是清代惺庵居士《望江南百调》中的一首,说的是侨寓扬州的大商人,经营盐业和典当业,获得了巨额财富。他们购买了不少豪华的园林,又大多捐钱买官,既驰骋于商界,又混迹于官场。这些商人沉溺于有钱有势、亦官亦商的富贵生活之中,乐不思蜀,连自己的家乡也懒得回去了。从中我们多少可以看出扬州盐商的富有。

说到扬州盐商之富,我们再给读者讲一个故事。

我们知道清代康熙和乾隆都是历史上非常有名的皇帝,康熙在位六十一年,乾隆在位六十年,都是我国历史上在位时间较长的皇帝。而且这两位皇帝在位期间都曾六次南巡,以体察民间风情。每次南巡也都要到扬州,因为扬州是两淮盐商的大本营,谁都知道盐商富得流油,到扬州自然可以领略它的繁华气象。

话说再过三个月乾隆皇帝又要下江南,而且途中还将游幸扬州。消息传出,扬州盐商自然喜上心头了。虽然扬州盐商很有钱,但平时无论如何也是见不到皇帝的。如今皇帝銮驾能够到扬州,这真是可遇不可求的机会。因为皇帝每次游幸扬州,扬州的地方官总要盐商出钱接待,甚至要盐商把自己的园林装修得更加华美,以供皇帝临时游览憩息。而盐商每次也都能使皇帝玩得很尽兴开心。

　　这次盐商又在一起商量了。怎样才能使皇帝赏心悦目呢？商量结果大家一致意见就是在扬州城北郊区择荒地数百亩，仿照杭州西湖风景建筑亭台园榭，以供皇帝游览。

　　既然决定了，于是大家就忙开了，好在盐商不差钱，设计、施工、植树、种花、建亭、筑榭，一切按部就班地紧张进行着。短短三个月时间，一个极其优雅、别致的园林就横空出世了。

　　这一天，盐商的头领们最后一次来到新建的园林巡视，因为他们得到官府通报，明天乾隆皇帝就要驾临了，这个园林就是献给皇帝的厚礼，自然来不得半点马虎。园林中亭台楼阁、花木山石，点缀得错落有致，酷似西湖景色，众人一边巡视，一边啧啧称叹，感到十分满意。忽然一人叹道："园中景色虽美，惟其中缺少一湖，有山无水，真乃美中不足。"众商听后，大以为然。可是大家都知道，明天皇帝就要驾到，实

瘦西湖

在无法弥补这一缺憾了,一个个脸上都现出无可奈何的表情来。

就在此时,徽商汪太太说话了:"诸位不用担心,此事就由我来操办吧,保证让皇上满意。"

"什么?"众商无不被惊得目瞪口呆。此时已是"红日衔山",离皇上驾到只有一夜的工夫,哪里来得及?

汪太太笑而不语,坐上轿子匆匆告辞了。

回去以后,汪太太拿出几万两银子,火速召集工匠,立马开工,挖塘的挖塘,运土的运土,担水的担水,忙得热火朝天。黎明时分,一轮朝阳喷薄而出,一方池塘也终于建成了。汪太太将其命名为"三仙池"。

上午,果然乾隆驾到,在地方官的陪同下,首先游览了这个新建的园林。当他漫步于园林之中,在扬州欣赏着杭州的"西湖"风光时,龙颜大悦,尤其是他听说汪太太一夜之间赶造出"三仙池"时,更是惊叹,特地召来汪太太,对她大加赞赏,并赐以珍物。汪太太由此声名益著。

人们不禁要问:汪太太何许人也?她乃是扬州大盐商,其夫汪石公本是扬州八大盐商之一。石公去世后,内外各事俱由汪太太躬亲主持,也可谓女中强人。

(史华)

"一夜造白塔"的盐商江春

徽商有钱,这是大家都知道的事实。在那个年代里,没有电视,没有网络,想聚会没有豪华饭店大包厢,唯一的娱乐活动就是唱戏。如同《红楼梦》里的贾府那样,祝寿唱,过节唱,春天里边赏花边唱,冬天里边看雪边唱。可是贾府不属于徽商,"蓄养家乐"也只养了一套戏班子,比起豪气阔绰的徽商来说,实在算不得什么。

乾隆皇帝八十大寿时,四大徽班进京贺寿,也从此奠定了京剧的基础。为什么在中国繁杂的戏班帮派里,只有徽班能享受这种御前献艺的殊荣呢?靠的正是在背后大把砸银子的徽商们。

在这些徽商里,最突出的就是徽州大盐商江春了。他虽是一介布衣,却是两淮盐业的总商。乾隆南巡,驻跸扬州时,江春都要率众商恭迎皇帝,还要大建园林以供皇帝游览观赏。为了迎合乾隆皇帝,江春特意在家里养了两套戏班:一套是德音班,专演昆曲;另一套是春台班,专演花部。两套戏班你方唱罢我登场,唱念做打翻筋斗样样都来,唱得皇帝眼花缭乱,龙心大悦。

有一次,江春又陪着来到扬州的乾隆皇帝游乐。游到瘦西湖的时候,乾隆皇帝看着远方山峦秀丽,近处春波碧草,真是心旷神怡。但乾隆皇帝总觉得这明丽的景色间,还缺了些什么。一天游船到了五亭桥,乾隆皇帝突然来了灵感,对扬州陪同官员说:"这里多像京城北海的琼岛春阴啊,只可惜差一座白塔。"江春连忙应答:"请圣上明日再来看。"乾隆皇帝看了看江春,虽然心里疑惑,但也相信眼前这个富甲一方的盐商可以用白银创造奇迹。

等到皇帝离开,江春连忙拉过服侍在皇帝左右的太监,拿出一沓银票,说:"烦请公公告知圣意。"太监立刻为这种不用现金直接塞支票的贿赂方式折服了,他告诉江春皇帝所言乃是北海公园的一座喇嘛塔。江春又掏出一沓银票:"请公公详细描述下塔的样子。"太监虽然不知道江春葫芦里卖的什么药,但他也开始相信接下来是要见证奇迹的时刻了。于是,这位太监仔细地描绘了乾隆皇帝口中的白塔,并用笔画了下来。江春眼含笑意地听着,最后不急不慌地拱手道:"多谢公公。"便信步踱了回去。

到了第二天,乾隆皇帝登上高处,凭栏眺望,看见远处烟雨蒙蒙中隐现一座白塔,样子与京城北海的那座无异。乾隆皇帝惊叹极了,问身边的江春:"这打地基,垒塔再雕栏画栋,即使天底下的能工巧匠都

扬州白塔

集聚此地,也很难做到。爱卿是怎么完成的呢?"江春这时候心里却紧张了起来,支支吾吾不敢回答皇上的问题。按理说,他一夜之间造起白塔,完成了乾隆皇帝的梦想秀,应该是立了大功啊。可是任凭这江春再有钱,找来的工人也不过两条胳膊两只手,怎么可能一夜之间造起白塔呢,更何况还是工艺繁杂的皇家宝塔。

可是徽商能在明清时期迅速崛起,凭借的不止是票子,而更多的是脑子。江春身为盐商,充分发挥了自家盐多的优势,请了众多工人一夜之间用盐包为基础,以纸扎为表面堆成的。盐包堆起的白塔虽然只能远观,不能攀爬,但在这江南烟雨朦胧,山色掩映之下别有一番风味,外观颜色更与乾隆皇帝心中的白塔无异。江春诚惶诚恐地向皇上叙述了这白塔的由来。乾隆皇帝听了,既不生气也不喜悦,反倒感慨地说道:"人道扬州盐商富甲天下,果然名不虚传。"能让乾隆皇帝都陡升羡慕钦佩之情的,天下除了拿银子开辟人生道路的徽商,恐怕再无他人。

后来,江春仿京城北海白塔,真地建造了一座扬州白塔。《扬州画舫录》中记载,该塔是"仿京师万岁山塔式",但外形又具有地方特色。北海的白塔是肚大头细,高 35.9 米,底座是高大的砖石,塔座为折角式的须弥座,是典型的喇嘛塔构式。扬州白塔虽取喇嘛教寺院的塔制,但为了配合瘦西湖的婉约细腻,建成了更为柔美的园林塔。扬州的建筑都以柔秀见长,根据当地建筑的特色,降低了扬州的白塔的高度,仅 27.5 米;同时外形轮廓线变得秀美,身子缩小,十三层级也比北海塔瘦长,这样扬州的塔形似花瓶了;最后扬州塔还突出了江南能工巧匠们的砖刻特长,塔座全是砖雕的束腰须弥座,座为八角四面,每面三龛,龛内砖雕十二生肖像,象征一年十二个月,一天十二时辰。筑台五十三级,象征童子拜观音的五十三参图,相轮为十三层,象征天的最高处十三天。处处寓意深刻,令人回味无穷。江春为了建造这座白塔,请来了全明星阵容——无论从雕砌到筑刻,都是赫赫有名的大家。著名建筑家陈从周在《园林谈丛》中,曾将扬州的塔和北海塔进行对比,说:"然比例秀匀,玉立亭亭,晴云临水,有别于北海塔的厚重工稳。"而今游人能在瘦西湖畔享受这样的美景,都当归功于当年的大总商江春啊。

乾隆年间的徽商达到了繁荣鼎盛,仅徽州盐商的总资本就可抵得上全国一年财政的总收入;扬州从事盐业的徽商资本有四五千万两银子,而清朝最鼎盛时的国库存银不过七千万两。俗话说,财大气粗!有钱的人讲话自然底气也足,随着资本的日益集聚,徽商的地位不断上升,徽商不再是社会最低层,而是"以布衣上交天子"的"贵族阶层"。也因此,徽商称雄商界三百余年,在众多羡慕嫉妒恨的眼光中,留下了一道传奇的背影。

(吴琼)

清人绘扬州盐商聚会图

"毁墨于一池"的胡开文

　　清乾嘉年间,有个游学先生,他衣衫褴褛,腋下夹着把露出伞骨的伞,后面背着个破旧的土布包袱,一边帮人家写字作对以糊口,一边寻师求学、四处流浪。这年夏天,他途经休宁城,听闻这里的胡开文墨店新研制出一种墨,放在水中浸泡多久都不会溶化散色。与文字打交道的人大都对墨有几分感情,何况这位先生更是爱墨如痴,一听说有此等名品,便动了心,忙不迭地要进城见识一下。胡开文墨店是绩溪人胡天注所开,他制墨选用的都是道地的上乘材料,品质优良,如今传到了他的儿子胡余德手上,不仅制墨工艺精益求精、墨品种类花样繁多,墨的造型与图案也是尽善尽美,再加上胡余德善于经营,胡开文墨店早已远近闻名。所以,胡开文墨店在休宁城内无人不知,游学先生很容易就打听到了店址。

　　走进墨香四溢的胡开文墨店,游学先生瞬间被店里的各类墨品吸引了。这里的墨品造型别致,图案精美,色泽润黑,香气浓郁,游学先生闻闻这块、摸摸那块,又敲一敲、试一试,发现的确是些质量上乘的佳品。传闻中浸水不会溶化散色的墨看起来更是出众,游学先生有些爱不释手。古人曾说过:"有佳墨者,犹如名将之有良马也。"对爱墨如痴的游学先生来说,破衣烂衫没关系,粗茶淡饭也无所谓,但是,得到一锭佳墨比什么都重要。于是，他毫不犹豫地将身上的所有钱都拿出来，一下子买了好几锭这种墨。游学先生小心翼翼地将墨锭包好，轻轻地放进自己那破烂不堪的包袱里，然后又系在身上，让它们能紧紧地贴着自己的背。在别人看来，这也许只是几锭墨，可在游学先生眼里，却无疑是些宝贝。就这样，游学先生背着自己的"宝贝"满心欢喜地上路了。

外面红日当空，日头毒得很，可游学先生心里却格外舒爽，今日在胡开文墨店见识了那么多好墨，又将这新研制的名品收入囊中，即便盘缠用尽，内心却格外充实。心里欢喜，脚步也轻盈了许多，不一会儿就走到了一条小河边。可是，心不在焉的游学先生还在回味着刚才在店里见到的那几款墨，根本没有注意脚下的路，一个不小心，扑通一声，他便左右摇晃着倒进了河里。游学先生挣扎着爬了起来，还没等缓过神，竟然就发现乌黑的墨水淋了一背。他心里一惊，感到更糟糕的事情要发生。他急忙卸下包袱，打开一看，果不然，里面的墨锭经水一浸，好多都已经化裂，游学先生的心瞬间凉了。"这哪是什么遇水不化的墨！把我骗得好惨，这可用尽了我身上所有的盘缠啊！"他越想心里就越堵，遂决定折回胡开文墨店，好好地讨个说法。

游学先生很快又来到了胡开文墨店，说自己的墨是过河时不小心掉进了水里，你看，一遇水墨就化了。店中伙计坚持说这不可能。游学先生与店里的伙计正在争论不休时，从里间走出一位眉眼精明之人，他便是胡开文墨店的第二代主人、胡天注的次子胡余德。他十四岁开始跟随其父学习制墨技术，年纪轻轻就继承父业，主持店务，胡开文墨店在他手里可谓蒸蒸日上。胡余德今日本是到此查账，听到外面有吵嚷声，这才出来看看。

了解了事情的来龙去脉，胡余德心中甚是疑惑：这遇水不化墨的研制，自己曾亲自参与，按说不应该有什么问题。见胡余德不肯承认自己的墨有问题，游学先生越发生气，强烈要求当场验证一下。胡余德也想一探究竟，便答应了游学先生的要求，于是命人端来一盆水，将一锭遇水不化墨放进水中，众人围成一团，目不转睛地盯着盆里的墨。令胡余德始料未及的是，不大一会儿，只见那墨锭开裂，墨色扩散，周围的伙计也大惊失色。胡余德眼见为真，当即郑重地向游学先生道歉，并以一袋价值昂贵的贡品墨——"苍珮室墨"赔偿给游学先生，还恭恭敬敬地送他离去。

送走了前来责难的游学先生，胡余德并没有如释重负，一心想着要尽快查明问题的根源。他反复思量，并且彻查了每个环节。原来，由于墨工的疏漏，这批墨在制作过程中未按规定操作，少了一道工序，以至于所生产的这批遇水不化墨都未能达到要求，再加上最近天气炎热，其存在的问题便暴露了出来。只是因为鲜有人会舍得将价值不菲的好墨浸在水中试验，大伙儿又都相信胡开文墨的质量，故此墨是否真的不会溶化散色一直不为人知，直到机缘巧合之下游学先生找上门，这才得以验证。

事情查明后，胡余德下令所属各店各坊，立即停止生产和销售此墨，并以高价买回已售出的这种墨。胡余德身边的伙计曾竭力劝说，给他分析其中的"利弊得失"：这墨虽不能遇水不化，但完全不影响书写，况且少有人会放入水中试验，也就不会发现其中的问题；若将已卖出的墨高价收回，不仅会招致亏损，也会让所有人都知道胡开文墨店的墨有质量问题，这等于自己打自己的耳光。然而，伙计们的劝说丝毫没有动摇胡余德的想法，他不仅坚持将墨收了回来，还决定要将这批墨销毁。

于是，在艳阳高照的一天，胡余德当着附近乡亲的面将所谓的遇水不化墨全部倒入休宁城外的一方池塘中，在场之人无不慨叹。那投入池中的墨慢慢溶化，静静地渲染开来，这池塘也变成"墨池"了。池中化掉的不仅是一批劣质的墨,还有人们对胡开文墨店的质疑与责难;孕开来的也不只是一池"青花",还有人们对胡开文墨店的信任与称赞。这次新品推出的失败,却没有影响到胡开文墨店的声誉,反而让"毁墨于一池"的轶事在徽州一带流传开来。

胡氏子孙从先辈那里继承了制作精美的墨模和选料配方的技法,并将"诚信经营,质量为上"的经营理念不断传承下去。正因如此,"胡开文"这块金字招牌历百年而不衰,产品畅销国内外,生产的地球墨还在1915年的巴拿马万国博览会上获得金奖,让中国墨在国际舞台上声名大振。

(孟颖佼 吴琼)

"借鸡生蛋"的茶商吴启琳

明清时期,随着商品经济的发展,社会上出现了一批以地域为名的商人群体,其中尤以徽商和晋商为最。这些商人小者仅足养家糊口,大者却富比王侯、家资千万。在古代小农社会里,按正常方式积累千金是一件非常困难的事,而这些商人是怎样积聚千万资财的呢?下面就有一个徽商吴启琳"借鸡生蛋"积聚千金的故事。

歙县昌溪

吴启琳生活在清代康乾盛世之际，他是歙县昌溪人，自幼家贫，在本县一个郑姓大户家做伴读书童，勤快能干，很得东家赏识，在陪少东家读书时偶尔也识了几个字。徽州这个地区经商风气很浓，歙县更甚，吴启琳从小受这种经商意识的熏陶，也想从事一些商业活动，只是苦于没有本钱，一直没有付诸行动。

少东家经过十年寒窗苦读，先后考取了秀才、举人，眼看就要到京城参加会试了，但是从歙县到京城来回一趟需要大半年的时间。那时没有到北京的直达马车，只能挑着行李步行。少东家平时只专心于读书，对日常生活并不太熟悉。此去京城考试成功与否对郑家意义重大，考上了郑家大少爷就可以出仕做官了，这是一件光宗耀祖的大事。于是，老东家决定派一个精明能干的书童陪少东家前往京城赶考，一路上照顾少东家的生活起居。老东家想到的第一个人选就是精明能干的吴启琳。所谓穷家富路，何况是参加这么重要的会试，所以老东家给足了盘缠（约是两人来回费用的两倍），并交给吴启琳保管，同时负责两人沿途的开支。

吴启琳拿到沉甸甸的盘缠，心中非常兴奋，他长这么大还没见过这么多钱，而且是自己全程掌管开支。尽管主要是花费在少东家身上，但他依然非常激动。在陪少东家去京城之前，东家放他三天假，让他回家和家里人团聚，吴启琳兴高采烈地回家了。到家后，发现家里没人，家里人都去山上采茶了，他急忙跑向茶山。到了茶山，父母和弟弟都在采茶，吴启琳把陪少东家去京城的事向家里人讲了，父母都为他高兴，说他出息了，得到东家的赏识。

虽然父母为吴启琳高兴，但脸上还隐隐伴着一些忧愁，这个情况没有瞒过吴启琳。吴启琳就问："爹，您好像不太高兴啊"。他父亲长叹一口气："孩子，你出息了，我真心为你高兴。我愁的是我们家的茶叶，今年茶价太低了，相比去年低了三四成，这么好的茶叶只卖这一点钱,以后的日子该怎么过啊,唉!"望着愁容满面的父母,吴启琳心里像吃了一块铅似的,非常沉重,晚上他躺在床上翻来覆去难以入眠,"为人子不能为父母分忧是为不孝",这句古语在他耳边反复回荡。突然间,他想到他们家乡的茶叶主要销往全国各地,作为京师的北京是茶叶的主要销售地之一,如果把家里的茶叶带到北京去卖,肯定比在家里卖的价钱要高。对,明天和父母商量一下把家里的茶叶带到北京去卖,吴启琳暗道。

茶山

第二天天一亮,吴启琳就敲响了父母的房门,把自己的想法告诉了父母。父母一听这个想法不错,正好吴启琳去北京,他们一家就商议怎么带茶叶、带什么茶叶去北京。最后他们考虑到北京路途遥远带多了不方便,所以就挑了他们家最好的三斤茶叶让吴启琳带到北京去卖。正在他们一家在讨论如何去北京卖茶叶的时候,隔壁的汪大伯来找吴启琳的父亲谈事情,一听吴启琳将去北京陪少东家赶考,顺便把自己家的茶叶带到北京去卖。汪大伯心里非常激动,他这几天也正为这么低的茶价发愁呐,他想吴启琳去北京卖茶价格肯定比家里高,如果让吴启琳帮他把自己的茶叶带到北京去卖,这么远的路给他多少路费好呢? 不如直接卖给吴启琳,吴启琳给的价格肯定比家里茶贩子给的价高,到北京卖了以后赚多赚少都是吴启琳的事,这样也免去了给他路费的事了。想到这儿,汪大伯忙说道:"启琳,你反正要去北京,卖你自家的茶叶是卖,多卖一家的也是卖,要不我把我们家的茶叶卖给你吧,然后你带到北京去卖,不管怎么样,北京肯定比我们这里的价格高吧。"

吴启琳一听汪大伯要卖给他茶叶,他还真没想过收购茶叶这件事,他想了想这次去北京盘缠比较多,拿出一部分买些茶叶去北京卖,一方面帮了乡邻,一方面还能挣些钱,何乐而不为! 因而说道:"汪大伯,我这次陪少东家去北京赶考,东西不方便带太多,我如果要买的话,也只能买一些您最好

清代茶馆

的茶叶去北京卖。"汪大伯道:"没关系,我把我们家最好的茶叶挑出来卖给你。"吴启琳想了想,北京的价格不管怎么样肯定比家里往年的价格要高,便说道:"汪大伯,茶价我就按我们家去年的价给你,你看可行?"汪大伯一听,去年的价格比现在的价要高三四成,非常高兴道:"听你的,你说多少就多少,我这就去家里给你挑来上好的茶叶。"说着就往家跑去了。

不一会儿,汪大伯就把自己家最好的三斤茶叶带到了吴启琳家。吴启琳拿出银两给了汪大伯,汪大伯欢天喜地回家了。后来汪大伯又把这个好消息告诉了众邻居。众乡邻都把自己家最好的茶叶卖给了

吴启琳。最后，吴启琳把去京盘缠的近一半用来买了茶叶，加上自己的茶叶，一共三十斤。

在动身上京时，少东家看吴启琳从家背了一个袋子回来。少东家就问："启琳，你这背的是什么东西呀？"吴启琳道："少东家，今年茶价太低，我从家里带了几斤茶叶顺道去北京卖。"少东家也知道今年家乡的茶市不是太好，很理解地点点头上路了。

俗话说，不怕慢，就怕站。二人一路马不停蹄，终于来到了大城市北京，吴启琳和少东家找到一家客栈住下。平时少东家在客栈努力攻读，等待应考之日。吴启琳也不太忙，他就经常去逛附近的茶市。吴启琳到茶市以后先观察各种茶叶的质量和价格，经过一段时间观察后，他发现京城的茶价比他家乡的高六七倍。于是，他拿着自己的茶去各个茶铺让老板免费品尝，然后让他们评价茶叶如何，价值几何？因为吴启琳的茶都是质量上乘的茶叶，所以他的茶叶被各个茶铺的老板赞不绝口，而且出价都很高，最后吴启琳卖出茶叶的价格是他收购茶叶价格的八倍。最重要的是吴启琳免费请各个茶铺老板品尝质量上乘的茶叶，和这些茶商建立了良好的关系。

少东家虽然很刻苦，文章写得也很好，但科举考试竞争实在太激烈了，最后榜上无名。少东家本打算回家三年后再考，但是听说皇太后明年要过六十岁寿辰，皇上至孝，有可能为了给太后祈福，开恩科。如果开恩科的话，明年还要从家里赶回来，来回好几个月影响攻读。因而少东家决定不回去了，留在北京读书，但如果留在北京一年的话，盘缠肯定不够，所以他就派吴启琳回家去拿生活费。吴启琳手里的茶叶已经全部卖光了，正好借机回家再收购一些茶叶来卖，因而很高兴地就回家了。

回家以后，郑老东家听说少东家要住在北京苦读一年，准备着再次应试，很是高兴，对他这一决定非常支持，因而拿出了一大笔钱交给

谢裕大茶行

吴启琳,让他好好照顾少东家,不要怕花钱。吴启琳很认真地点点头,然后回家去看望父母了。看望过父母以后,吴启琳把自己赚的钱和老东家给的钱的大部分都买了质量上乘的茶叶,因为他在北京茶市有了自己的销售渠道,他不愁茶叶卖不出去,只要给少东家先带过去一两个月的生活费就行,过不了多久,这些茶叶就能在北京卖完而赚钱。

事实正如吴启琳所预料的那样,他的这些茶叶在北京很快就卖完了。吴启琳这两次贩运茶叶,虽然总量不多,但因质量上乘,总价值很高,因而这两次他共赚了数百两银子。自此以后,吴启琳就靠着这数百辆银子起家,打造了自己的茶叶帝国。

吴启琳因机缘巧合借用东家的钱,赚了自己人生中的第一桶金,这就是吴启琳"借鸡生蛋"的经商故事。

(孙新文)

诚信不欺的茶商吴荣运

吴荣运，字景华，歙县北岸人。不同于徽商年幼时就要背井离乡的惯例，吴荣运拥有着比较安定的童年，因为他就出生在一个商人家庭。可惜他的父亲做生意头脑平平，只算是个茶叶的二道贩子，比起其他在家拿白银搭积木玩的徽商，实在不能算富贵。不太富的孩子早当家，吴荣运在父亲不断比、赶、超的环境中长大，自然也练就了不少经商的手腕和思维。

可能是他的父亲一直没有进入徽商一线行列，所以开始并不准备让自己的儿子走经商这条路，而是把吴荣运送进私塾。当时，想要冲出徽州，走向京城只有两条路：一是做商人，做大商人，做大商人中的绝顶大商人；二是做学问，做大学问，做大学问中的经世大学问。在中国传统观念中，士农工商，商人即使腰缠万贯，别人也是瞧不起你。你哪怕只是个秀才，人们都要高看一眼。可惜吴荣运在经商方面展现出来的聪慧与机智丝毫不能用在"之乎者也"上。默书不行，先生就让他背书。背书也背不出来，先生说你念书吧，结果念书都念的结结巴巴。吴父见此无奈地摇了摇头说："儿子，你还是跟着我去卖茶叶吧。"吴荣运的父亲此时还不知道，他这个看似无奈的决定，即将成就吴氏家族的百年名茶基业。

吴荣运在随父亲贩茶不到几个月的时间里，就发现了一个现象：徽州地区价格轻贱的茶叶，一旦到了京城价格就水涨船高。更何况京城里文人雅士者有之，附庸风雅者有之，皆爱焚香品茗，徽州名茶更是被视为上流社会的最佳身份代言品。吴荣运向父亲提出了一个想法，我们父子这样背着小背篓在徽州地区把茶叶倒卖来倒卖去，根本无利可图。不如父亲您到京城去开个店面，我在徽州提供货源，走奢侈茶路线，赚有钱人的钱，才能一本万利。吴父甚以为是，听了儿子的建议，瞬间由二道贩子升级为直营商，身价飞升，财源滚滚。

如果仅仅是有经商的头脑，吴荣运不可能在众多的徽商中脱颖而出。吴荣运之所以后来能连开十三家茶号，更多的是因为诚信善良的朴素品质在他身上熠熠生辉。在与父亲南北合营的一年里，吴荣运同另一位茶商程立明运茶到京城。此时，吴荣运已经不再是背着小背篓的小贩，他家的船只插着吴家茶号的大旗，威风凛凛。舟到钱塘江时，突然一股暗流涌来。吴家的船只庞大沉稳，勉强顶住了激

徽州茶商广告

流。可是程立明家的船却经不住风高浪急，被掀翻在钱塘江里。一时间整船的茶叶都倾覆在江水里，船上的人也落水呼救挣扎。吴荣运顾不得自家的船也在急浪中飘摇，赶忙悬赏重金救人。路过船只上水性好的当地百姓跳下水将程立明救起。程立明刚被拖上甲板，就号啕大哭起来，扑身就要往江里跳。吴荣运赶忙拉住他，心想这该不是呛水呛傻了，刚刚才捡回条命，怎么还寻死觅活呢。吴荣运让人把程立明

拉进船舱,给他换衣擦拭,递上热茶压惊。程立明捧着手里的茶碗,又"哇"地一声大哭起来。吴荣运赶忙细问缘由,程立明说:"我的茶全没了,我再也不能经商了,我不如死了算了吧!"吴荣运看着眼前这个啜泣着的大老爷们,赶忙安慰道:"我再送你一船茶就是了,你自然可以东山再起,何必寻死觅活的。"程立明听后感激涕零,从此一直待吴荣运以上客之礼,不敢怠慢。

吴荣运把茶叶运到京城后,第一件事就是命令伙计把今年运来的新茶和店里的旧茶分开,并用大字标上新茶和陈茶,价格也定的截然不同。小伙计们都被惊呆了,赶忙劝阻这位少东家,并且告诉他,街西头的老李家,城北头的老王家,镇里进城卖茶的老陈家,都是新茶旧茶掺杂在一起卖的,只有这样陈茶才能卖掉。就像嫁闺女,哪有在盖头巾上写着"美"和"丑",再让人来娶的。吴家的老爷子也劝儿子,自己已经在这里卖了几年的茶叶,一直是新茶陈茶在一起卖,生意也做得不错,从来没人抱怨过茶叶的味道。吴荣运看着父亲说:"父亲说生意不错,这就对了。孩儿要的不是不错,孩儿要的是生意极好。孩儿要吴家茶庄在京城的茶号里无人能敌。经商贵诚,虔心自有天知。"老爷子劝不动自己执拗的儿子,只好遂了他的意思,从此吴家茶庄卖茶高挂起"新茶"、"陈茶"两面旗帜,一时间京城人人皆知,口耳相传,俱道吴家茶庄诚信不欺。

然而,买茶的顾客们自然只是捧捧人场,竖起大拇指夸赞一番后,买走的都是新茶。几年下来,陈茶积了几仓库,亏损了有万两白银。伙计们看着年底的奖金要因此大打折扣,急的赶紧又献上"良策":"东家,不如我们把这些茶叶拿回去加工一下,销售出去,好歹能收回本金。"没想到吴荣运一口拒绝,甚至提出了一个更"损"的想法——买一赠一。吴荣运说:"这陈茶除非插回土里重新发个芽,否则再加工了也是陈茶,我绝不以次充好。不如把这些陈茶当作礼品赠送。"伙计们一听,这不傻么,本来准备买两斤的顾客一听还能赠送一斤,自然买的少了,到时候咱们年底的奖金更发不出来了。于是赶忙劝阻,没想到吴荣运拿定了主意,谁的话也不听,甚至当下就命人拿来纸墨,挥毫写下告示,"凡购买本店新茶一斤者,赠送陈茶一斤,欢迎光顾。"

京城里的人们,听说吴家本来就明码标价,分类出售的陈茶如今不要钱了,一时间纷至沓来。有人问他:"吴老板,你这不是自己跟自己过不去么,就算是把这些陈茶销毁,自然可以多卖些新茶,也比这样赚的多些。"吴荣运摇摇头说:"我们吴家靠茶叶起家,且不说这些茶是我从江南千辛万苦贩运而来,我甚为珍惜。就是想到家乡茶农们的辛苦种植,也不能随意糟蹋了这些茶叶。我宁愿赠送给大家,当是结交各位做个朋友吧。"吴荣运这样的做法,很快赢得了京城人民的赏识。认为如此高素质的人才卖出的茶叶,喝起来都应该比街西头的老李

徽商故事（清代）

家，城北头的老王家，镇里进城卖茶的老陈家的香些。一时间在京城引起了轰动，不仅茶客们纷纷光顾，吴荣运的风度气节也为他赢来了高人气，京城名人名士纷纷与他品茗论道，结交为友。就这样，吴荣运不仅将自家的店铺做成了"诚信老店"的典型，自己也成为"感动京城"茶商。到了年底，吴家茶庄的茶叶早已销售一空，伙计们无一不对这位少东家充满了钦佩。

凭着诚实无欺的经营宗旨，吴家茶庄很快致富了。而吴荣运在发家致富后也不忘慈善事业，搭桥修路，赈灾济贫，成为远近闻名的"善人"。后来，带着世人对他的赞誉，他将事业教给儿子管理，自己回到乡下，重回读书习儒、浇园种菜的简单生活。茶香萦怀，清白于世，这就是吴荣运的诚信商道。

（吴琼）

为守心中一杆"秤"，费尽心机造奇秤

杆秤是中国独立发明的传统衡器，它历史悠久，且深具人情味和文化内涵，是传统社会人们生活中不可缺少的帮手，也被奉为一种吉祥物，甚至被奉为公平、正义的象征。杆秤虽然看起来构造简单，由带着秤星的秤杆、金属秤锤、提绳组成，但制作工艺却大有学问，从选材、刨圆，到用碱水浸泡、打磨、上色、包铜头、装头钮的刃口，再到校砝码、打眼、定星等多道程序，道道容不得半点马虎，稍有不慎，秤就会有偏差，时时考验着制秤之人的耐心与细致。现代社会，随着电子秤的普及，使用杆秤的人越来越少，制作杆秤的手艺也在渐渐消失。

制成一杆好秤首先需要纹路细腻且木质坚硬的木材，徽州山区盛产的青冈栎、楠木、野茶树等正是制作杆秤的上等材料。故而，在徽州大地上曾有许多秤店，制作的秤质量好，价格优，畅销各县，徐老板的秤店便是其中之一。徐家以制秤为业，向来以诚信为本，徐老板又为人和气，擅长经营，所以他家的秤店在附近也是小有名气。

这一日，徐老板在外面办完事回店里，一路上碰到许多饥民沿街乞讨，这年大旱，庄稼歉收，米价上涨，逼得许多人只能出来讨饭。徐老板前脚刚一进门，心里还在感叹旱荒害人，便有伙计上前禀报，徐老

徽商故事（清代）

板那许久未来的大舅子已在店内候他多时了。徐老板心下暗想，他可是无事不登三宝殿，想着想着也便进了屋。徐老板的大舅子一见他回来便笑着道："终于回来了，我在这儿候你多时了，这回你可得谢谢我，给你揽了一桩好生意啊！"徐老板一听，自然是满心欢喜，连忙道："劳你费神，不知是什么好事啊！"说到这，他那大舅子却顿时严肃了起来，小心翼翼地往门口瞅了瞅，看到没有什么人，便招招手，示意徐老板靠近点，徐老板满脸狐疑地凑上前去，大舅子对着他的耳朵讲了半天，只见徐老板的眉头渐渐皱了起来。

原来，大舅子给徐老板接的这单生意便是帮人制造一杆秤，只是这秤有些特别，秤杆得是空心的，而且里面还要注上水银。熟悉商家克扣计量的人看到这便会立即明白，奸商坑人，多会在秤上做文章，这伎俩之一便是用水银秤，秤杆是空心的，再灌上很重的水银，称东西时，掌秤人根据需要将水银倒动，水银滚动，重心就会改变，斤两就由掌秤人任意控制了，想多就多，想少则少，以此短斤少两，占人便宜。

徐老板向来是个实诚人，他一听这大舅子给招揽的生意是制一杆黑心秤，便要回绝，但自己的大舅子是个秀才，又是亲戚，不好意思直接驳他的面子，只得故意十分为难地说："难为你替我着想，这本是照顾生意的好事，可是，你可能也听说过，我们干这一行有个说法，无论做什么交易，均不得在秤上克扣，若少一两，就少一颗星，是要折寿的，坑蒙拐骗损阴德，这生意咱可不能做，你最好也别帮别人做这事儿了！"本以为这样劝说，能让大舅子自己收回请求，可徐老板的大舅子面带难色："我也劝过那朋友啊，可他说是应付官差的，不损害顾客。你生意做得好，人家指明找你，开价可是二十两银子，还可以再加！"大舅子手里比划着，表情夸张地说道。徐老板一听，急忙摆手道："应付官差更得大行大市，就更不能做了，这可有碍国法！"大舅子一把按住徐老板摇摆的手，压低声音说："老弟，当官的话就是国法！"徐老板怔住了，继而若有所思地"哦"了一声。大舅子意味深长地问了一句："这可明白了？"徐老板叹了口气说："看来是不做不行啊！"两人四目相视，心照不宣！

送走了大舅子，徐老板在房间里不停地踱来踱去。大舅子的意思明显无疑，这黑心秤本就是官府的人让制的。想来近日闹饥荒，官府边鼓励当地士绅富户捐粮，又要准备开仓放粮，接济百姓，这秤定是要用在这里。衙门差役利用职权鱼肉百姓的事情，徐老板早就有所耳闻，这回是真正体会到了。如果真照他们的要求制造了那杆秤，负责这项差事的差役们就可以在收粮时多取，放粮时少给，在一收一发之间捞足了油水，这如意算盘打得实在是妙，可这却苦了好心捐粮的人和等着救急的人啊！想着今日在街上看到的那些枯瘦如柴的饥民，徐老板实在是心中不平，也不忍心，这样的事情是万万不能去做的，对不起自己良心！可若是不答应，就直接开罪了官府里的这些差役，他们横行乡里，得罪了他们定是没有好果子吃，又给自己招来祸端，这可如

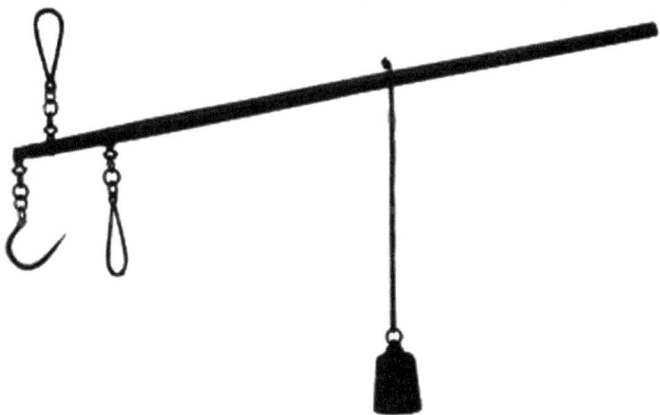

杆秤

徽商故事（清代）

何是好？徐老板走来走去，思前想后，突然灵光一现，想到了一个两全之策！

过了一段时间，徐老板如约制成了一杆秤，像他们要求的那样，秤杆是空心的，还灌了水银。但这杆秤与他们要求的又有所不同。水银是有，却是满的，满了就不能流动，也就不能作假。而且，杆芯中灌了水银以后，另一端的堵塞处徐老板压入一个弹簧，再用铜包头铆紧，这一头封水银的堵塞处不能打开，一旦打开，这一端的弹簧就会推动另一端的堵塞物将水银全部弹出，这样一来，这秤也就报废了。更神奇的是，秤杆折断或是水银涌出时就会有一小块绢帕打开，上面会出现"秤有神，今显灵，黑心秤，要报应，我奉太上老君急急如律令！"。这是徐老板找来一种药物作墨水写上去的，绢帕上涂了黄磷，一接触空气，不一会就能自动燃烧，消失得无影无踪。经过反复试验，徐老板终于将这设计得天衣无缝的奇秤安心地交给了他的大舅子。

官府的几个差役拿到秤以后，刚开始还是乐滋滋的，可一试用就发现这秤准得狠，水银不动，根本作不了假，便有些生气。其中一个年纪大一点的，估计之前也干过这样的勾当，深知其中的蹊跷，便提议将秤杆的堵塞口拆开以调节水银，调节好了照样可以使用。可当他们把堵塞物打开时，水银被弹出，流到了地上，闪烁着金属的光泽，那条写着字的绢帕也随之掉了出来，一行字赫然出现在差役们的眼前。在场的差役看了绢帕上面的字，不免胆寒起来，难道自己的行为真让太上老君知道了？这可如何是好？就在这时，那绢帕升起一缕蓝色的火焰，瞬间就什么都没有了。周边的差役，估计是中了水银蒸汽的毒，个个都说自己头晕，开始相信真的遭了报应。为首的那个差役细细思量了一番，觉得此事既然神灵知道了，不能再干了，否则小命可能不保，便"哑巴吃黄连"，就此作罢了！

　　人心之中有杆秤,利益与良心,方能够正确抉择;天地之间有杆秤,崇德且向善,定会受天道护佑!徐老板制秤、卖秤,心中也有一杆秤,他诚信经营,童叟无欺,所以生意日益兴隆,历久不衰,可谓天理昭彰。崇尚信义、诚信待人正是徽商经营的信条和准则,也是徽商称雄数百年的重要秘诀。

（孟颖佼）

大年三十躲债的两个徽商老板

徽商在中国历代的商贾史上是一幕传奇,他们创造了巨大的财富,似乎用人生在写教科书《教你如何发家致富》。在这本教科书里,会有一章重点提起,出门在外,靠的就是"一个篱笆三个桩,一个好汉三个帮。"徽商在外经商时会自动抱团,一旦一个人遭逢难处,其他人就会出钱出人出嘴皮子,也要解救此人于危难。靠着这种根深蒂固的乡谊观念,徽商在外行走时,常常有一呼百应的气势,走路自然都走得比别人有底气。

出门在外经商,难免有些小河沟里翻了船的倒霉事儿。有一年,徽州歙籍盐商程扬宗就碰上了这种事儿。他是个盐商,谁不知道盐商最为阔绰。盐是国家垄断的,能成为盐商已经是莫大的荣耀。但是,国家也不能允许你私人胡乱买卖,因此朝廷制定了纲法,必须是纲册上有名有姓的商人,才能参与食盐的买卖。纲商们虽然风光无限,但也不是年年都能得到政策垂青,必须向国家提出申请,国家批复了以后发给盐引,凭盐引到盐场买盐,然后再到国家指定的地点出售。由此可见,盐业虽然利润丰厚,但完全在国家掌控之中,不能任由私人为所欲为。这一年,程扬宗就被轮了空,不能去买卖食盐,只好想点别的生财路子。

　　人嘛,越有钱就越想更有钱,更何况这程扬宗又是个经商的天才。很快,他就发现了福建地区正在闹灾荒,一时间米价水涨船高。而两湖地区即湖南湖北却是凭着风调雨顺又一年大丰收。赚地区差价是徽商们最擅长的经营手段,程扬宗哪里能放过这样的机会。他立刻差遣人去两湖趁着新米刚刚上市,大量充斥市场、米价低贱的时候,购进大米。他拿出自己这些年赚的银子还嫌不过瘾,觉得这稳赚的生意自己该放手一搏,于是又找人借了五万两白银,一起投入此次的贩卖大米行动。程扬宗信心满满地雇了几十艘大船,船队气派地从长江出海,取道海路,驶向福建沿海等地。本来,这也确实是笔稳赚不赔的生意,可是人算不如天算,想成为史上留名的大商人必逢劫难。程扬宗的船队在海上遭逢疾风巨浪,几十艘船全部被吹翻,几十万石的大米都拿去填了海。消息传回扬州时,程扬宗震骇不已,瘫坐在椅子上。想起自己辛苦多年的积蓄都打了水漂,不禁心酸起来。更令他担忧的是,还有五万两银的外债要还。

扬州鼓楼

徽商故事（清代）

适逢年关，债主们纷纷上门要债。可怜风光无限的盐商程扬宗因为这次天灾，不得不为了躲避外债，只身藏在扬州城东一座偏僻的盐运司鼓楼里。除夕那天，程扬宗爬上楼顶，看着扬州城内张灯结彩，想起自己昔日的风光阔绰，不禁悲从中来，喝下去的酒从喉咙一直凉到胃底。

正在他唏嘘之时，突然听见楼梯上传来了脚步声。程扬宗不禁大惊，以为债主追到了这儿来，正想找个藏身的地方躲躲，脚步声已经到了跟前。程扬宗仔细看了看来人，发现竟然是同乡同业的吴绍浣。两人看见对方，都大惊失色，齐声问道："怎么会是你？"原来，这吴绍浣今年经营不利，欠下了十万两的银子。可是手头现在只剩下五万两，还了东家，西家肯定不答应。还了西家，东家又有意见。吴绍浣无法，只好躲在这鼓楼里，只求能把这年躲过去。程扬宗听了不由得苦涩一笑，说道："罢了罢了，今日你我相伴，也算是老天厚赐，不算孤单。别的且不想，把酒言欢，得醉且醉吧。"

两人喝着闷酒，吴绍浣问程扬宗："你怎么也到这来了？"程扬宗一五一十地告诉了他。没想到吴绍浣听后正色道："程兄，我如今手头有五万两，自己还债不足，但借给你却足够了。你拿了我的银子，

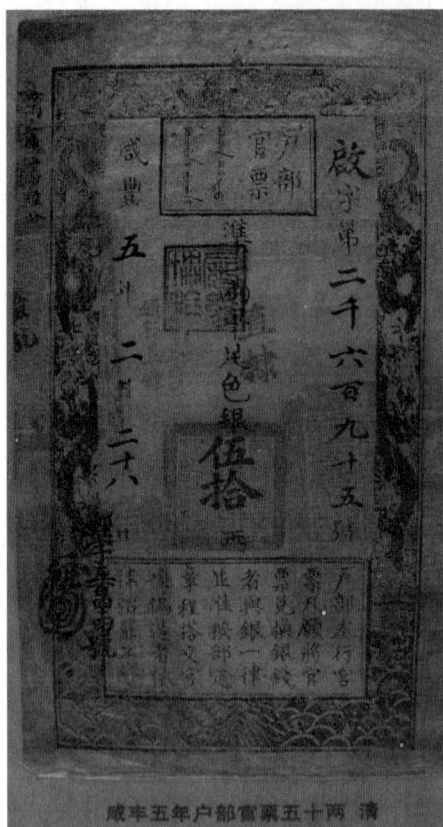

清代银票

回去料理好外债,也能与家人团圆,过个好年。"程扬宗正当拒绝时,吴绍浣却已经拿出银票,交给程扬宗。

程扬宗拿着银票,感慨不已,深刻地感受了一把同乡情谊。他将银票拿回家,交给自己的管家,让他逐一安排好还债的事务,自己却让人备了美酒佳肴,让家童挑着,随自己回到了鼓楼。吴绍浣看到程扬宗又折返回来,以为生了什么变故。程扬宗却先遣回了家童,席地而坐,端出美酒佳肴,亲自斟满了一杯酒递给吴绍浣。程扬宗一边端起酒杯一边说:"今日遭逢劫难,承蒙贤弟恩助。他日若能重整家业,必定涌泉相报。"那年除夕,程、吴二人就着鼓楼里微弱的烛火,把酒言欢,畅饮达旦。两人间的友谊也在那个夜晚达到了巅峰。

程扬宗是个做生意的人才,更何况他还是个有名在册的官家盐商。到了第二年,正好逢他轮办官盐,程扬宗心思沉稳缜密,头脑活络,成为了朝廷钦点的总商。总商,就是盐政使司在民间商贩中的代理人,也是众商的头领。想要领到盐引,必须得到总商的同意。一时间,程扬宗的府邸被各路商贾踏平了门槛。程扬宗也拿出总商的派头,求见者无论来头大小,一律排队领号,等候传见。即便一等就是大半天,程府门口也每天排着长队。有一天,有位盐商递上名帖后,不仅没有被分给号码牌安排到队尾等候,总商还亲自出来迎接。众人纷纷猜测此人必定来头不小,其实此人正是当日在程扬宗遭逢变故时慷慨解囊,解救他于危难之中的吴绍浣。程扬宗当日答应他必定涌泉相报,如今兑现诺言,帮助吴绍浣重整旗鼓,大兴家业。几年之后,程扬宗凭借着过人的经商天赋和优越的盐商身份,成为了与"布衣上交天子"的大盐商江春齐名的盐业巨头,而吴绍浣也在程扬宗的帮助下成为巨商,富甲一方。

不得相助,不成大业。程、吴二人创造的商界奇迹自然为人称道,

徽商故事（清代）

但在两人纵横商场时,患难的那个除夕夜一起在鼓楼上把酒言欢,大抵仍是心底最温暖的时刻。无论徽商们在各自的经商领域内如何大放异彩,其实都离不开身后同乡们的鼎力相助。正是徽商们这种深厚的同乡情谊,豁达的舍己为人和温暖的体恤关怀,才能帮助每一个徽商越走越远,经商之路也越走越广阔。

（吴琼）

书中取经出奇招,"益美"脱困生意隆

徽商有"徽骆驼"之称,意指徽商具有不畏艰难、任劳任怨、跋涉不止的精神。然而,只有这徽骆驼的精神还不足以使徽商足迹遍海内、称雄一时。高超的经营艺术以及审时度势、出奇制胜的灵活和魄力也是必不可少的。这些又从何而来呢? 三分天注定,七分靠教育。徽商十分注重提高自身的文化修养,当然也不会忽略其赖以生存的商业技能,他们师徒之间言传身教,通过各种商业书籍的刊刻传播来提高自己的商业技能。诸如《史记·货殖列传》《士商类要》这些由前人或者徽州人自己创作的书籍被奉为徽商经商致富的必读宝典。书中不仅有千钟粟、黄金屋、颜如玉,书中还有生意经,学习了书里的经验和知识,将其运用到日常经营中,反复摸索实践,如此千锤百炼方能成为一名优秀的商人! 徽州人汪文琛便是这样一位注重从书中取经的精明商人。

清康熙年间,汪文琛从祖上分得一份遗产,其数甚巨。好男儿志在四方,汪文琛不愿意坐吃山空,便打定主意利用这些钱外出经商,开拓属于自己的一片天地。当时的苏州阊门是红尘中一二等富贵风流之地。这里万商云集,店铺林立,各行各业应有尽有,徽州人在此地经商者颇多,是汪文琛一心向往之处。于是,他打点行装,辞别妻儿,上

徽商故事（清代）

清代布店

路了！

　　汪文琛的确能干。到苏州之后，他马不停蹄地联络同乡，靠着当地同乡的帮助，顺利地选定店址，盘下店铺，经过一番精心改造，店铺焕然一新。汪文琛根据朋友的建议和商业书中的一些经验，选择了前门开店，后门设坊，自产自销的营业模式，这样既可以保证质量，又能更好地掌控价格。他收购来的棉布都是从各处精挑细选的上品，细密洁白；店里的踹匠也是不惜重金雇来的老伙计，技艺熟练。他家的布漂染精美，紧实光亮，质优价廉。汪文琛又根据商业书中所教的识人术选了几个信得过的伙计，并把书中的待客之道传授给他们，让他们热情待客，一视同仁。一切准备妥当，店铺择吉日开张，布号"益美"。

　　店铺开张了，汪文琛此时终于可以舒一口气了，连日忙碌，费尽心机，似乎一切都天衣无缝，他成竹在胸。店里的伙计也十分看好"益美"的未来，所有人都干劲十足，准备着接客营业，进账发财。可有时理想很丰满，现实却不遂人愿。开张几日，"益美"门庭冷落，客人寥寥无几。大伙起初还斗志昂扬，可过了些时日，仍无起色，店里的伙计们就个个颓丧了起来，噘着嘴，垂着头，像一只只斗败了的公鸡。店里的布卖不出去，越堆越高，层层叠叠。汪文琛将一切看在眼里，怎会不着急？只是身为老板，此时需得稳住阵脚，否则军心必乱。他严厉批评了几个倦怠的伙计，让他们不管有没有客人都要打起十二分精神。挨训的小伙计嘀嘀咕咕，其中一个胆大点地带着抱怨的口气说道："老板，您也得想想法子，您看咱家的生意，半天进不来一个人，听说其他布号的顾客都是老主顾，咱们新店开张，谁愿意到这来啊，这样慢慢等，要等到猴年马月？咱的布再好也没用，别人都不知道！"汪文琛听到这里，竟无言以对！他只得独自感叹：自家的布虽然质量不差，但整个阊门一带的布号有百十来家，竞争激烈，商场如战场，谁都知道严把质量关的重要性，其他布号的布也不会差到哪里，老顾客都用习惯了，若没有绝对的理由，一般不会更换店铺，何况自己新店开张，根本就没几个人知道。想到这里，汪文琛更是愁眉不展，心事重重。他思来想去，实在不知如何是好，心烦意乱时便随手翻起了桌上的书。汪文琛一向好学，养成了看书的好习惯，心烦的时候去看书，总能很快平静下来。他翻阅着《史记·货殖列传》，一句"富者必用奇胜"映入眼帘，他

清代青花布

心中一动，一个"奇"字反反复复念了好几遍，突然灵光一显，有了脱困之计。

汪文琛让伙计们私下联络阊门一带的裁缝，并诚心诚意地与他们商量：今后给顾客做衣服，如果用的是"益美"字号的布，就不要忘记把布上的机头（商标）保存好，只要交回一份机头给"益美"，"益美"就会奉送二分银子给他们。裁缝们贪图小利，又见"益美"的布质量上乘，无不爽快答应。于是，阊门的裁缝变成了"益美"的说客，只要有人做衣服，裁缝们就千方百计地夸"益美"，撺掇顾客去买布。这样，开业不久，默默无闻的"益美"声名大噪，成了裁缝们公认的上等好布，顾客们趋之若鹜，竞相购买。一年下来，"益美"可真赚了大钱。

十年后，"益美"布号已是众人皆知的名牌，销往大江南北，汪文琛更是阊门首屈一指的富商，他接来了妻儿，一家人衣食无忧，其乐融融，早已脱离了刚开张时的窘迫处境。但汪文琛喜爱读书的习惯却一直没有改变，也许是从书中学到的知识和受到的启发太多，汪文琛从读书、爱书，继而开始藏书，成为了有名的藏书家。

汪文琛让"益美"脱困的这一妙计，类似于我们今天的商业广告，这与他的聪明灵活脱不了关系，更离不开书本给他的启迪和帮助。而汪氏"益美"历百代而不衰的秘诀却又不仅仅是"出奇"，精益求精的商品质量才是他制胜的根本！

（孟颖佼）

屋漏偏逢连夜雨,倒霉茶商投江死

"徽郡商业,盐、茶、木、质铺四者为大宗",茶业一直是徽商形成以来最重要的商业活动之一,时至晚清,徽州茶无论在产量还是品质上都在国内首屈一指,徽州茶业一度迎来发展的黄金期,茶商也成为徽州商帮的中坚力量。随着外部经济、社会环境的变化,徽州茶商逐渐转移主战场,致力于外销,徽州茶开始走出国门,走向世界。然而,机遇与挑战总是并存的,在打开国外市场、利益滚滚而来的同时,徽州茶商也在经受着各种压制与剥削。其中,自然少不了握有贸易主动权、在茶业唯我独尊的洋行。当时,出口华茶只能通过洋行转售国外,国内所有外销茶的种植、生产、运销都要围绕着洋行的收购来进行,他们不仅可以不择手段克扣费用、压低茶价,而且还可以随意拒绝收购,小小的茶商根本没有与洋行讨价还价的余地。经营外销茶的商人可说是举步维艰,一不小心便会血本无归,祁门茶商某甲便是其中一个。

清光绪十六年(1890)四月的一天,在一艘驶往汉口的运茶轮船上,茶商某甲正在唉声叹气,叹气的缘由正是他身后那数百箱未能装入船舱的茶叶。原来,某甲是祁门人,家境颇为殷实。所谓"一方水土养一方人",祁门盛产茶叶,许多祁门人都通过外销茶叶挣钱。某甲见有利可图,便有样学样,也做起了茶叶生意,采买山茶装箱,售卖给洋行外销。想来这某甲也是很有一点经商天赋,去年还在与人合股采办,今年便已自立一茶庄,茶叶生意也算是顺风顺水。起初,某甲的这单生意也是极为顺利的,他寄样给洋行,洋行对茶叶的质量相当满意,给出了很高的价格,双方迅速成交,于是,某甲才亲自押运茶叶而来。可没想到,洋行翻脸比翻书还快,茶叶运到没几日的功夫,洋行就把样本退了回来,还挑三拣四地说了一大通茶叶的毛病,直接拒绝收购。某甲深知与洋行抗衡无异于以卵击石,只得哑巴吃黄连,自认倒霉。既然洋行这条外销渠道走不通,那只有把茶叶运到汉口走内销了。他费了好大力气才找到一条愿意帮他把茶叶运回汉口去的轮船,这也是临开船时才联系到的。因为每艘运往汉口的茶船都要装载两三万箱茶叶,空间小、货物多,船舱里面实在装不下某甲的所有茶叶,便将数百箱茶叶放在了船舱外面。

要说这人不走运,喝凉水都会塞牙。正当某甲在船板上唉声叹气之时,江上的天气也如同洋行买茶一样,刚刚还是晴空万里,不一会就阴云四起、雷电交加,紧接着,一场大雨倾盆而下。某甲慌忙地往船舱里塞着茶叶,可也只能够放进几箱而已,最后,某甲放弃了挣扎,坐在大雨中眼睁睁地看着自己的数百箱茶叶被瞬间淋透,卖茶之人的汗水与

清代藤编茶箱

心血可都在这茶叶上啊！说也奇怪，这天气似乎故意与某甲作对似的，淋透了茶叶，很快就转晴了。看了看高悬在江面上空的太阳，本来蹲坐在船板上发愁的某甲一跃而起，跑到船主跟前，乞求对方让他把被雨水淋湿的茶叶提到三层舱面上晾晒。船主估计当时正在忙，瞥了一眼某甲，也没说答应。站在一旁的某甲跟船主对视了一眼，见船主没有再理他，心里顿时像压了一块大石头，不知如何是好，只得讪讪地走回船舱。某甲在船舱里坐也不是，站也不是，到了饭点也不去吃饭，好几次走到船主近前，欲言又止，终没有再跟船主说些什么，最后便一个人怯生生地蜷缩在角落里，不再作声。周围的人大都是些茶商，三五成群地站在那里聊着自个儿的生意，有人满载而归，有人进账颇丰，大伙相谈甚欢。别人的欢声笑语却成为压垮某甲的"最后一根稻草"，回想着这几日自己的遭遇，洋行的嘴脸、船主的眼神、被大雨淋湿的茶叶，一遍遍地在某甲的脑海中闪过，某甲越想越失落。"人生多舛啊！受洋行的气，吃船主的气，连老天爷都欺负我，如此巨大的损失，回去还要向家人交代，说不定还得受左邻右舍的气！"想着他们的取笑与不屑的眼神，某甲瞬间打了个冷战，一时心塞，便做了一个糊涂的选择。

不一会，轮船已经行驶到汉口港了，可某甲已经不在他原来蹲着的地方，只见三层舱面上有人纵身一跃，一头扎进江中，扑通一声！在场之人一片哗然，纷纷大喊："有人投水了！"船主闻讯急令停船，迅速放下甲板捞救，但没能成功。起初还能看到某甲从水中浮起，举着手挣扎了一番，不一会就随着大浪消失得无影无踪了。等轮船到达汉口，船上的人把某甲的茶叶寄放在茶栈，一共有253箱，而某甲的尸身却再也没有找到。

时至近代，面临着外国势力的入侵和社会的动荡，顶着洋行的剥削与政府的压榨，大多数徽商都选择了咬紧牙关，顶着大风大浪前行。徽商能在商界称雄数百年，凭的正是这种吃苦耐劳、不怕挫折的耐力

清代老竹大方茶箱

和坚强。但并非每个商人都能将这种精神一以贯之,某甲便是一个例外。但是,无论多么艰难,徽州茶商的贩茶却从未停歇,从祁门出发的茶商正一个接着一个地踏上运茶之路,码头上,徽茶正一箱接着一箱地被搬上轮船,正是因为他们,徽州茶叶才得以驰名海外,享誉全球。

没有一个人一生没有坎坷,没有一个人一世没有痛苦,何况是远走四方、艰辛创业的商人。"留得青山在,不愁没柴烧",挺过去了,前景也许一片开阔;挺不过去,只能像某甲那样变成江上孤魂,成为他人谈资。然而,唏嘘与同情会被别人遗忘,江上的太阳会照常升起,商船会来往如常,唯有亲人悲痛的心,永远无法恢复!

(孟颖佼　康健)

儒雅徽商之书痴马曰琯

　　清代徽州祁门县大商人马曰琯,自幼就随祖上侨居扬州,靠经营盐业起家,他与兄弟马曰璐算是徽商在扬州地面上的代表人物,人称"扬州二马"。然而,马曰琯志向既不在生意场上如何赚取利润,也不在科举考试上蟾宫折桂,而是完全在书籍上。他爱书如命,甚至达到了痴迷的程度。说他是书痴,一点也不过分。

　　马曰琯经商发财后,不惜耗巨资建造私家园林"小玲珑山馆",专门用于接待四方文人学士,切磋学问。又在园林之中营建私人图书馆"丛书楼",这里却是他怡情养性的自在天堂,每当打理好生意之后,他总是在丛书楼里刻苦读书,沉浸在书的海洋。丛书楼中,密密麻麻,层层叠叠地摆放着十余万卷图书,一时间天下名士皆欲造访,一睹奇观,马曰琯本人更是求之不得,喜交四方饱学之士。史书记载"四方人士闻名,造庐授餐经年,无倦色。"可见马曰琯为人之豪爽。

马曰琯画像

十余万卷图书，天下闻名，但马曰琯仍嫌不足。他经常请托好友多方打听，何处有新刻奇书，何处出售历代古籍图书，只要有一点讯息，他就不惜重金，多方求购，并乐此不疲。数十年来，为搜求古籍，马曰琯耗资不知凡几。每当购得孤本古书，他就躲在丛书楼中如痴如醉地张灯批阅，细细咀嚼，每次都是数十天不出屋，家人也难见一面，只有账房先生前来请示生意事项，他才会出来交代一番。

马曰琯爱读书、喜藏书，并结交了许多志趣相投的文人学者，如清代史学家、文学家全祖望就是著名的一位。全祖望的一生仿佛都在为马曰琯的搜书、藏书事业而忙碌着。他是名重当时的大学者，享有极高的声誉。每当他途经扬州，总是要留宿在马曰琯家中，向马曰琯借书看，马曰琯也总是向他打听，近来市面上有何新书和古书。每当他一一作答后，马曰琯立即手书全祖望所说的书目、版本、地点等信息，第二天就命人携重金求购，或延请文人前去抄录。有一次，在全祖望的指点下，马曰琯得到一部奇书，喜出望外，顾不得手上的生意，仔细翻阅这部孤本奇书。为辨别真伪，促进学习交流，他诚邀各地文人学者齐聚"小玲珑山馆"，一起切磋探讨，绝不吝啬。一时间"小玲珑山馆"成为江南文人学子集会、交流诗词文章的绝佳之处。

每逢诗文结社盛会，马曰琯不仅慷慨开放其数十年藏书之成果，供文人学士们切磋学习，而且常在此设宴款待远道而来的文人士子，长年累月，不觉疲倦。通过与文人交流，获取书籍咨询，马曰琯的藏书更为丰富了。后来，全祖望到北京做官，一次偶然的机会看到《永乐大典》残书，尚有很多册，大为惊喜，立即鸿雁传书，告之马曰琯。马曰琯当即回信恳请全祖望将《永乐大典》残本抄来。尽管抄写工作量浩大，所需人数众多，耗费银两巨大，马曰琯却不假思索，所需银两，当即付上，此种气魄非常人所能比。全祖望请人抄写《永乐大典》，一直抄到他被罢官回家。他罢官返回老家后，马曰琯再次委托他将浙江天一阁

《永乐大典》书影

中的藏书珍本抄来，这一抄，一直抄到全祖望去世。

乾隆三十七年(1772)，朝廷开设四库全书馆，下诏征求民间藏书，马曰琯向朝廷献藏书776种，为全国私人献书之首，并得到了乾隆皇帝的褒奖，这对一个封建时代的商人而言是何等的荣耀。马曰琯藏书的壮举不仅名重当时，而且荣登国史，载入史册。百余年后，辛亥革命的枪声埋葬了我国历史上最后一个封建王朝，民国的学人始终念念不忘马曰琯当年爱书、喜藏书的壮举，并在撰写前清国史《清史稿》时为其立传。作为封建时代一个地位不高的商人，能取得这样的荣誉，这真可谓显耀当时，流芳后世。

马曰琯收藏图书简直达到了痴迷的程度，身边的盐商同行大都不解，人们问他："你为什么如此痴迷地收藏奇书、珍本?"马曰琯却笑着答道："为人不可无书，犹如世上不可无日"，并开玩笑说："百年之后，人们还能识得我马曰琯，倒不是因为我是个盐商，而是因为我是个文人藏书家。"真正有生命力的还是文化，书痴马曰琯不愧是儒雅徽商的代表。

(吴冬冬)

书商鲍廷博日本寻书记

　　徽商鲍廷博(1728—1814)是清代著名的刻书家与藏书家,大名鼎鼎的《知不足斋丛书》便主要出自此人之手。根据有关资料,鲍廷博,字以文,号渌饮,祖籍为安徽歙县长塘村。鲍廷博出生在一个富有的徽商家庭,自幼随父客居杭州,后寄籍于浙江桐乡乌镇。他的父亲鲍诩在经营盐业之余也兼营书业,喜爱收藏。受其家人影响,鲍廷博在两次科举考试失利后最终选择了子承父业,做起了商贾之事,所不同的是,鲍廷博将经营业务的重点放在了刻书业而非盐业方面。

　　由于家道殷实、出手阔绰,加之搜书较勤、藏用结合,鲍廷博很快在杭州藏书界小有名气,人们都争相将家藏图书转卖于他。以书为媒,鲍廷博不仅先后续藏了赵氏"小山堂"、卢氏"抱经堂"、汪氏"振绮堂"等数十家著名藏书楼图书,还结识了阮元、黄丕烈、钱大昕等诸多藏书家。时间既久,鲍廷博父子的书房"知不足斋"便不堪重负,鲍廷博父子只得另辟"困学斋"、"花韵轩"等处以庋藏图书。乾隆三十七年(1772),清政府设立四库全书馆,诏求天下遗书,鲍廷博因家藏丰富、献书有功而受到乾隆皇帝的嘉奖,自此以后,刻书、访书的热情更加有增无减。

　　鲍廷博年过八旬仍泛舟搜书的事情,已是众人皆知的趣谈。然而对于其在日本、朝鲜等域外寻书一事，很少有人专门谈起，这不能不说是一种遗憾。下面将根据有关记载，简要说说鲍廷博在日本寻书的故事。

众所周知，在访书方面，鲍廷博有一种追求珍本、秘本的癖好，对于藏用兼顾的书商而言，鲍廷博的这种嗜好自然是不应苛责的。有一天，鲍廷博在翻阅《宋史·日本国》时，突然觉得日本可能藏有《古文孝经孔传》一书。这当然是一种推测，因为此书在中国几百年前就已经亡佚了。在认真研读每一句话之后，单单凭直觉，鲍廷博便坚信这本书连同他先前关注的《孝经郑注》《全唐逸诗》等书都有可能在日本找寻到。然而，受当时中日两国闭关锁国政策等因素的影响，鲍廷博无法只身前往，只能将寻书的希望寄托在其好友汪鹏身上。汪鹏，字翼沧，系今杭州市人，祖籍也在徽州，是一位相当有经济实力的海商，他"以善画客游日本，垂二十年，岁一往返，未尝或缀。"根据鲍廷博提供的线索，汪鹏历经多年三赴长崎，果然访到了在日本翻刻的《古文孝经孔传》一书。回国后，汪鹏将所得《古文孝经孔传》赠送给鲍廷博，鲍廷博自然喜出望

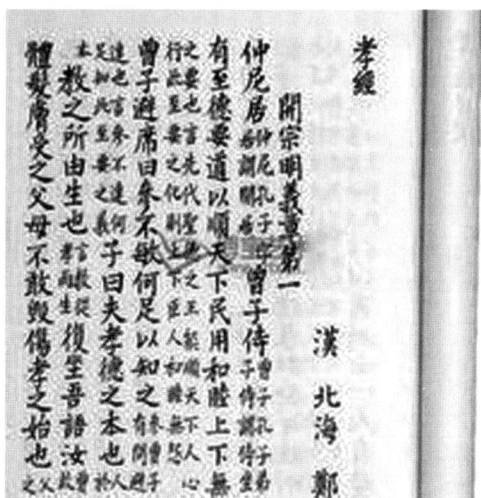

《孝经郑注》书影

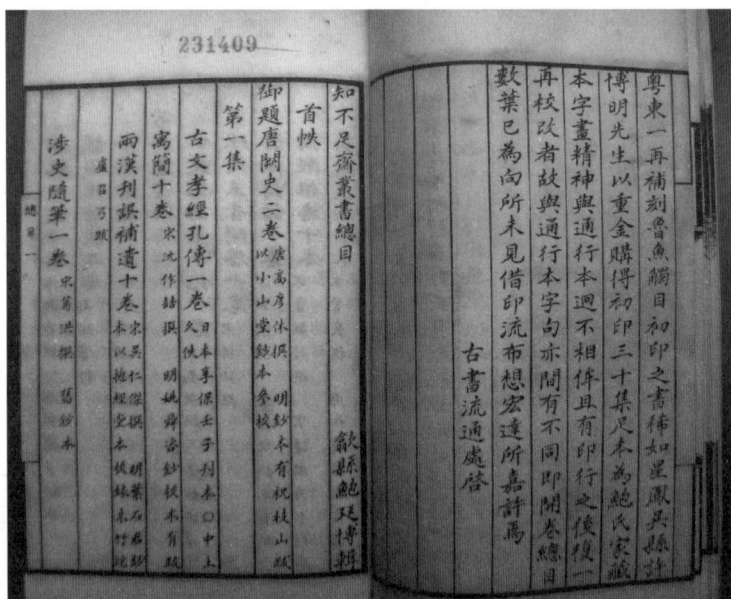

《知不足斋丛书》书影

外，不久即将此书作为《知不足斋丛书》的第一集第一种刊行于世。在该书的后记中，鲍廷博特别指出汪鹏之功，"汪君所至为长崎澳，距其东都尚三千余里。此书购访数年，得知甚难，其功不可没云。"

鲍廷博所刻《古文孝经孔传》刊出后影响很大，此书很快就传至日本。当日本学者冈田挺之看到此书后，十分满意，接着，他便托人咨询鲍廷博有无兴趣刊刻《孝经郑注》，以便天下人都有机会看到此书。《孝经郑注》南宋初年时在中国尚存，此后便湮没无闻了。鲍廷博当然满口答应，这可是出乎意料的喜事呢！也是在汪鹏的帮助下，《孝经郑注》得以从日本运回国内，后被刻入《知不足斋丛书》第二十集中。随后，鲍廷博还陆续委托汪鹏在日本代购了《五行大义》《墨谱》等珍稀古籍图书，并予以刊刻。

然而，时间久了，鲍廷博与汪鹏之间的合作关系便逐渐出现裂痕。首先，汪鹏没有将从日本淘到的珍贵图书赠予或售于鲍廷博，而是直接将其呈送至浙江省四库全书馆。乾隆三十七年（1772），汪鹏将从日本购得的珍本《论语义疏》献给了浙江省遗书局。时任浙江巡抚的大贪官王亶望恰好分管此事，王亶望在抄录了《论语义疏》后，才最终将此书送至四库全书馆。为了沽名钓誉，他责令鲍廷博予以校正此书，并挂上自己的大名后将其翻刻出版。王亶望后来因贪获罪自尽后，《论语义疏》木板终归鲍廷博所有。鲍廷博用此木板再次印刷，并将其收入《知不足斋丛书》之中，图书再版时，鲍廷博故意从卷首削去了王亶望的名字。如此以来，鲍、汪各有抱怨，鲍廷博不满汪鹏的献媚，而汪鹏对鲍廷博删削除名的做法也颇有微词。其次，汪鹏希望自己的作品能收录在《知不足斋丛书》中，但未能如愿。汪鹏所撰《袖海编》（又称《日本碎语》），仅一卷，总计五千余字，书中主要叙述了他在长崎的所见所闻，以及日本的风情、长崎唐馆、中国商船入港后的交易等情况。虽然鲍廷博后来将此书推荐至张潮负责的《昭代丛书》刊出，但是还是影响了两人之间的友谊。汪鹏后来因为海难溺亡于舟中，鲍廷博闻讯后为自己失去了一位老乡兼好友而伤心不已。

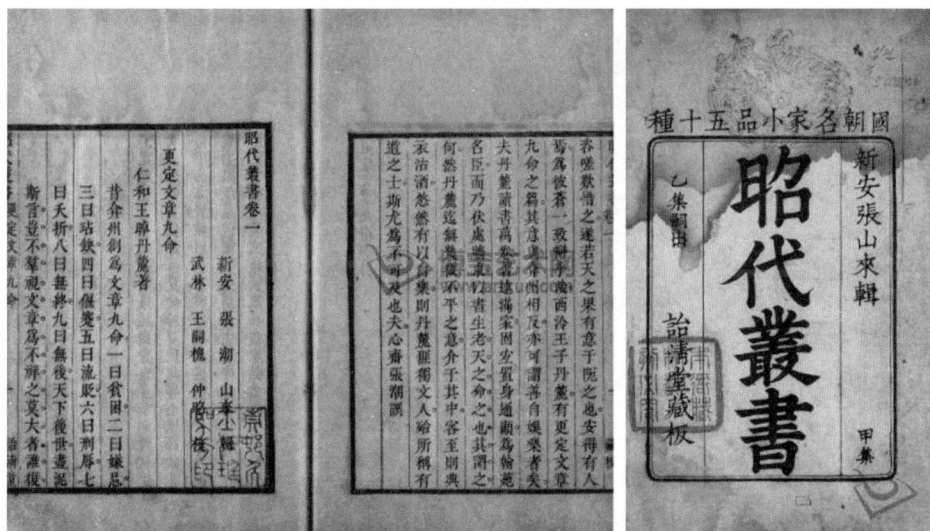

《昭代丛书》书影

徽商故事（清代）

浙江画家兼商人伊孚九是鲍廷博在日本寻书的又一重要联络人。伊孚九为浙江吴兴人，名海有，号也堂，他经常到日本做马匹生意，同时还教授日本人绘画技法。伊孚九的作品多是一些小品，作为一个业余画家，他只画一些简单勾绘的山水画。俗话说在商言商，伊孚九除了帮助鲍廷博代购所需图书外，还有意无意向鲍廷博推荐所购日本刻本图书。《画乘要略》《七经孟子考文》等书就是伊孚九从长崎购买后转让给鲍廷博的。其中，《七经孟子考文》一书经鲍廷博之手转呈四库全书馆，成为四库全书收录中仅有的两部外籍人论著之一，此书的重要性由此可见一斑。

除了托人购买外，鲍廷博还时常通过间接途径购买日本回流或刊刻的汉籍图书。例如，鲍廷博曾从江苏著名藏书家翁广平手中购得《全唐诗逸》三册，后也付梓刊出，该书系翁广平"得之海商舶中"。遗憾的是，鲍廷博的大量藏书后来大多散佚了，这给我们了解鲍廷博到底从日本访到多少以及何种图书带来了难度。

不过，从上述有限的故事中，我们已不难看出，鲍廷博可谓是有清一代较早向域外寻书的中国学人，他向国外寻书具有高瞻远瞩与开创之功。后世学者杨守敬、黎庶昌等人均受其影响，求书范围更为开阔。鲍廷博寻书、购书于日本，他不但把毕生的精力投入到搜求珍本秘籍和整理国故上，而且倾其所有刊刻了《知不足斋丛书》，为后世留下了极其宝贵的精神财富，也在中日文化交流史上留下了浓墨重彩的一笔。

（沈喜彭）

贴倒财神被辞退，发愤读书成大家

倒贴"福"字表示福到，是汉族的传统习俗，这种巧妙地贴法家喻户晓，可倒贴财神却不是人所共知。财神到底能不能倒贴？不同的地方有不同的说法，许多人会觉得神像与福字不同，倒贴有对神灵不敬的嫌疑，但在安徽和江浙的某些地方却真有倒贴财神的习俗。这一习俗的由来版本众多，其中之一，便是清代著名学者、徽派朴学代表人物程瑶田与"倒贴财神"的不解之缘。

程瑶田，字易田，一字易畴，号让堂，安徽歙县人。他学识渊博，天文、地理、数学、生物抑或音乐、篆刻、书法，无所不通，一生著述颇丰。可就是这样一位聪明博学的人也曾做过一件糊涂事，而这竟成为他一生的转折点！

程瑶田出生在一个徽州商人家庭，据说他出生时，手中有个田字，所以父母才为他取名瑶田。像许多徽州人一样，"十三四岁，往外一丢"，十三岁的程瑶田被送到了浙江兰溪一家徽州人开的南北货店，开始了他在天泰号当学徒的岁月。转眼间，三

程瑶田画像

徽商故事（清代）

年过去了，一天，程瑶田一边打扫卫生，一边寻思着，马上要过年了，过完这个年自己就要满师了，终于可以回家了，在天泰号的这些年真是学到了不少东西，程瑶田越想越高兴，不禁笑出了声。这时，老板从店外归来，见程瑶田又在打扫店堂，便笑着说道："行了，店里已经很干净了，要过年了，你去把请来的财神像贴好，好让财神爷保佑咱们新年生意兴隆啊！"程瑶田应声而去。老板很是喜欢这个聪明好学、做事勤快利落的孩子，贴财神这种求神灵保佑的大事情，只有交给他办，心里才能放心。

不知是贴财神时程瑶田高兴得过了头，脑袋发昏，还是财神像当时没贴紧，自己往下滑，总之，当老板和众伙计看到那财神像时，他却是倒着的！过年本就有各种忌讳，把请来的神位贴倒了，是对神明的大不敬，可是犯了大忌。此时的程瑶田也是一脸茫然，竟不知如何辩解，心中十分忐忑。不管是否灵验，财神都关系着整个店一年的财运，经商之人最看重这种事情，但念在程瑶田一直表现不错，又是过年的大好日子，天泰号的老板只得强忍怒气。老板虽然没有说什么，但不代表真的就没什么。店里的其他伙计就不一样了，他们平日里就看不惯程瑶田，嫉妒他聪明，讨厌他勤快，被夸奖的总是他，被批评的却总是自己，这次终于抓住了程瑶田的把柄，怎么能不大做文章呢？于是，程瑶田变成了众矢之的，一群人你一言我一语地说起他的坏话。其中一个伙计鄙夷地说："哼！他肯定是存心的，反正自己要满师离店了！"另一个又说："真是晦气，我看咱们店今年这买卖肯定不行，老板没钱赚，咱们也得跟着遭殃！""就是，亏了老板一直对他这么好！"听了这些话，那老板更是心中不是滋味，甩手而去。

吃过年夜饭，老板把程瑶田叫到近前，手里拿了个红包，略带尴尬地塞给他，接着说："你在我这里已经三年了，还有两个月就满师，咱们都是同乡，也无须你再等上两个月，过两天就去自谋生意吧，还能省下你一顿谢师酒钱，恭喜你发财……"程瑶田知道，这是老板在委婉地辞退他，心里像打翻了五味瓶，很不是滋味，事已至此，只好谢过了老板，回到房间，收拾行李。带他的师父知道他要走，十分惋惜，自己也是给人打工，无计可施，毕竟徒弟犯了大忌，只能稍微说些劝解安慰的话，鼓励他不断进步。第二日一大早，程瑶田便要背着包袱启程回乡了，临走时，只有师父一人来送他，他向师父磕了几个头，谢过师恩，便落寞地离开了天泰号。

天下没有不透风的墙，何况在外面当学徒的徽州人，基本上都不会在这个时间离店返乡，学期不满就被辞退的，定会遭到乡人的耻笑，被称为"茴香萝卜枣"。见程瑶田此时归乡，左邻右舍便开始说三道四，笑他没出息。外面的闲言碎语，程瑶田怎会不知道，在这样的巨大压力下，程瑶田也曾萎靡不振。但一想到自己三年来的努力竟因一次失误前功尽弃，他怎么都不甘心，又想到师父临别前对他的肯定和鼓励，他决定整顿心情，重拾信心，振作起来。

老天为你关闭了一扇门的同时，也为你打开了一扇窗。程瑶田没有继续颓废，而是暗下决心，发愤读书。他自幼好学，在去当学徒和专攻学业之间也曾有所犹豫，在天泰号时也从未停止过学习，经此一劫，他终于听清了自己内心的声音，认定了自己的人生道路。

从此，程瑶田便开始刻苦钻研，每天一听到鸡叫就起床

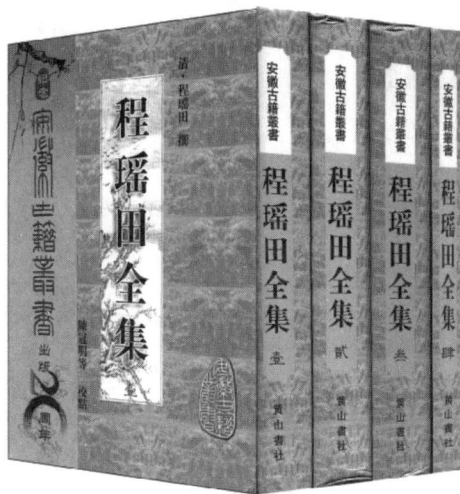

《程瑶田全集》书影

读书，直到深夜才去休息，从未懈怠。后来他成为著名汉学家江永的得意门生，专心求学。也许命运故意要磨炼他的意志，程瑶田虽读书勤奋，但科举之路走得并不顺畅，九次参加乡试，都名落孙山，他却从未气馁，二十六岁中秀才，四十五岁才考中举人，后来当了嘉定县教谕。卸任之日，钱大昕、王鸣盛等著名学者都曾以诗相赠，赞誉他是教育界的卓越师表、学术界的名流翘楚，这时的他俨然是远近闻名的博学之士。

　　一日，他坐船经过兰溪，想起昔日师父的恩情，便去探望。来到天泰号，当年的老板虽已年老，但仍然认出了程瑶田。程瑶田后来的情况，老板早就有所耳闻，眼前这个远近闻名的大学者正是当年被自己逐出店门的小伙子，如今再见，甚是尴尬，只得一个劲地赔小心、道不是。程瑶田见老板不自在，便劝道："老板，若不是当年您让我离店，我可能会去经商，或许无法实现自己读书治学的理想，我还得谢谢您啊，咱们都是老乡，您无需如此客气！"听了程瑶田这番诚恳的话，那老板心里才坦然了许多。程瑶田见过了老板，看过了师父，便准备离去，临走时，还特意买了几斤天泰号的糕点。这事不胫而走，外人都知道是天泰号以前的小学徒成了大学者，特地回来买这里的糕点，自此，这里的糕点声名大振，外人争相购买，天泰号着实发了一笔大财。当年贴倒财神的学徒非但没有影响店里的财运，反倒给店里打开了财路，所以后人便有了这"倒贴财神"的习俗。

　　程瑶田做教谕的任期一满，便回归故里，一心著书立说。嘉庆元年（1796），七十一岁的程瑶田还被安徽巡抚举荐为孝廉方正。他一生博学多思，著述颇丰，晚年亲手整理总成的《通艺录》是其一生的心血汇集，被后代推崇。

（孟颖伎）

历尽艰辛终不弃，重温旧梦中进士

　　清朝康熙年间的休宁县西门，有个叫汪鋆的人。他从小就十分聪明，看书一目十行，还能过目不忘，且悟性极高，绝对是个读书的好苗子。可贵的是，他不仅天赋高，还十分勤奋、刻苦，看起书来废寝忘食，十七岁的时候已是才华横溢、远近闻名了。有一年，他跟随父亲去参加集会，还受到当时名士高汇旃的赏识，被寄予厚望。然而，正是这样一位才华出众的学子，却未如世人预想的那样，直接读书应试，成为国家栋梁之才，而是做起了商人，行贾四方。这便是汪鋆人生的第一次转折——弃儒就贾。

　　原来，汪鋆的父亲在湖南、湖北一带经商，后因四处奔波、疲劳过度病亡在商旅中。汪父死后，汪家很快家道中落，家庭突生变故，面对需要供养的高堂老母和待字闺中的妹妹，一心想读书入仕的汪鋆也只能面对现实，养家糊口，做起了贩卖土特产的生意，行走四方。清代商人的地位虽有提高，但在人们眼中，商人和读书人显然是不能比的，让一个小有名气的才子放弃自己唾手可得的功名而去做生意，其中的无奈和辛酸恐怕也只有他自己知道。

　　假如汪鋆就这样认命，那也只是科举路上少了一位读书人，多了一个往来于商道的经商者。然而，他迫于生计放下了读书应试的打

进士及第牌匾

算，却没有放下书本。那些往来于湖南、湖北的日日夜夜，他不顾奔波中的劳顿和疲倦，始终坚持读书、作文，每经商到一处，还不忘向当地名师求教。他没有怨天尤人，没有顾影自怜，而是面对现实，百折不挠，就这样抱着读书应试的愿望，做着行走四方的买卖，过了十多年。此时，家境逐渐好转，妹妹也早已出嫁，他终于可以卸下重担，去完成那个萦绕心中多年未圆的梦，实现他人生的第二次转折——弃贾就儒。

汪鋆打点好家中一切，把贩运生意委托给账房先生自主经营，利益四六开，便来到江汉书院专心读起书来，复习举子业，此时，他已经三十多岁了。因为他的坚持和努力，十多年经商的忙碌并未影响汪鋆的学习，履历的丰富和长年的历练，反使他的学问日益精进。康熙二年（1663），他在严师黄大维先生的帮助下，考中举人。康熙九年（1670），他考中进士，被授予官职，他的梦想终于实现，此时的他，已经四十多岁了。

做了官的汪鋆，将自己的梦想继续延伸，又开始为做一名好官而努力。三藩叛乱之时，内阁当职的汪鋆勤勉尽责，丝毫不敢懈怠，于是受到重用,被提拔为户部主事,负责京师的粮仓仓务。为了保证粮仓的正常运转,他严加督责,亲自辨别所收仓粮的好坏,让那些投机、欺诈之徒无处遁形。他的努力和才华被上级赏识,被列为政绩最好的官员,上报朝廷,于是,又迁为吏部文选司郎中。后来,他在陕西主持科考,为政府选取了很多有真才实学的人员。总之,汪镗做官以后,不论在什么职位上,都能恪尽职守,毫不徇私,政绩卓越,连连升职。康熙三十年(1691),汪镗以年老告归故里,官至吏部侍郎,可谓风光无限。

告老还乡的汪镗,还在当地周贫济急,开堂讲学,颇受人们的爱戴。汪镗生性忠厚,为人和蔼可亲,而且多才多艺,当时名士都愿意与他结交,他的朋友很多,著名词人陈维崧的《送汪考功钟如给假省亲序》就是为汪镗所作,可见其交情深厚。闲时汪镗约上三五好友登楼赏月,吟诗作画,别有一番风流。当时的许多商人和文人都羡慕汪镗,他是许多人的偶像。

汪镗的一生似乎是在解答一道考题:人在困难重重的境遇下,能否坚持自己的理想?显而易见,这位徽商出身的学子解答出了这道题目,而且答得相当漂亮。作为家中的顶梁柱,他四处奔波,养家糊口,虽屡经波折,他却矢志不渝。时机到了,他又克服困难,重拾旧梦,不仅重新读书,而且读出了名堂,考中进士,当了官,而且是政绩卓著、人人称赞的好官!汪镗为自己的传奇人生画上了一个完美的句号,塑造了他传奇人生的正是他为自己的读书梦付出的努力和对自己志向的坚持!

(孟颖佼)

胡氏父子与书的不解之缘

  琳琅,意指精美的玉石,通常比喻美好而珍贵的东西。清代乾隆至道光年间的苏州,有一间叫做"琳琅密室"的藏书楼,这是一间历史上小有名气的私人藏书室,其主人乃是著名徽州藏书家胡树声。他不仅是一位知识渊博的读书人,也是一位成功的盐商,以"琳琅"一词命名其藏书之处,足见他对书籍的喜爱与珍视。胡树声及其子胡埏都与书籍有着不解之缘。

  胡树声,字震之,又字雨棠,休宁县人。他从小就远离家乡,跟随父亲胡印川在苏州经营盐业生意,后来便迁到苏州居住。为了能让父亲开心,胡树声曾参加过科举考试,但未获成功。父亲逝世之后,曾有人极力劝说他再去考试求官,而他则很伤心地说道:"我的父亲已经去世了,我求取功名还有什么意义呢?"

  胡树声喜爱读书,也善于读书,他对书上记载的史实和故事总能过目不忘,有空的时候还经常与学者讨论,往往讲一整天都不会觉得疲倦。他的书房内常年备有一套便服,只要准备看书,他会先换上便服,再开始翻阅书籍,日夜不分,寒暑不辍。

  胡树声因喜欢读书,进而注重藏书。只要有价值的书籍,他会毫不犹豫地买回来,从来都不在乎书的价格,并且他十分注重书籍的质量,买书时多选择宋代和元代刻本,因为这两朝所刊刻的书籍最为精美。然而,有些书终究是买不到的,遇到这种情况,他会诚心地向所有者请求借阅,然后拿回家日夜不停地认真抄写。当年,《四库全书》修纂完毕以后,被誉抄了七部,分别放在紫禁城内的文渊阁、盛京(今沈阳)宫内的文溯阁、北京圆明园的文渊阁、河北承德避暑山庄的文津阁,即内廷四阁,供皇室阅览;另三部则藏于扬州的文汇阁、镇江的文宗阁、杭州的文澜阁,即江浙三阁,允许文人入阁阅览。嗜书如命的胡树声怎么会错过这个能与成千上万珍贵书籍面对面的机会呢?知道这一消息后,他不辞辛苦,亲自到文澜阁抄书,有人曾劝他找人代他抄录,他却郑重地解释说:"请他人抄录与自己抄录大不相同,自己抄写一遍,就相当于通读了一遍。况且,读书与抄书又不同,抄书胜于读书!"他一生抄书千百卷,每抄好一本,总会将其装订得美观工整,妥善保存。随着岁月的流逝,他收藏的书籍越来越多,于是,找来一间房子专门存放他收藏的书籍,并取名为"琳琅密室",以琳琅来比喻书籍之美好。

四库全书书影

徽商故事（清代）

　　商人出身的胡树声能在经商之余如此注重读书、抄书、藏书，已是难能可贵。更令人感叹的是，胡树声对书籍的热爱深深地影响了后代，尤其是其长子胡珽（字心耘），子承父志，成为琳琅密室的第二代主人。相较于父亲，胡珽对书籍的喜爱有增无减，读书、藏书自不必说，他还将父亲和自己所藏的那些珍贵古籍的不同版本和有关资料进行比较，考订文字的异同，确定出最为正确的版本，进而选择所藏书籍中的善本组成《琳琅密室丛书》予以出版。为了保证这部《琳琅密室丛书》的质量和水准，胡珽耗费了诸多心力，他与当时著名的学者叶廷琯是好朋友，两人经常对书中的某些文句进行讨论，反复校对。胡珽还在书的每集前面列出总目录，作出解释，自作札记陈述每本书的得失，并撰《校勘记》订正原书的错误，对木活字出错的地方也别出心裁地附了一篇《校讹》。经过胡珽的努力，终使得丛书成为一部以宋元旧本为底本，校勘审慎、印制精美的木活字丛书珍品，保存了许多珍贵的书籍。此外，胡珽还著有《石林燕语集辨》《懒真子集证》等书。在编写

《石林燕语集辨》时，为确定其中的某项内容，胡埏曾不远千里从杭州到京城，亲自翻阅保存在那里的《永乐大典》进行核定。

读书、买书、抄书、藏书、校书、刻书，胡氏父子与书结缘，虽经商出身，但"钱"字似乎并未成为他们的生命主题，反倒终其一生未离开这个"书"字，嗜书如命，以书为伴，真是难能可贵！

文风鼎盛，私人藏书家辈出。在徽州，像胡树声这样既是商人出身，又酷爱藏书者不乏其人。盐商马曰琯有小玲珑山馆，藏书十余万卷；富商之家的鲍廷博有知不足斋，藏书甚富；歙县汪启淑的飞鸿堂，在当时也是名噪一时。徽州社会中，既是商人又读过诸多书籍的人更是数不胜数。经商的同时又喜好读书，具有较高的文化修养，正是徽商群体"贾而好儒"的一大特色。

（孟颖佼）

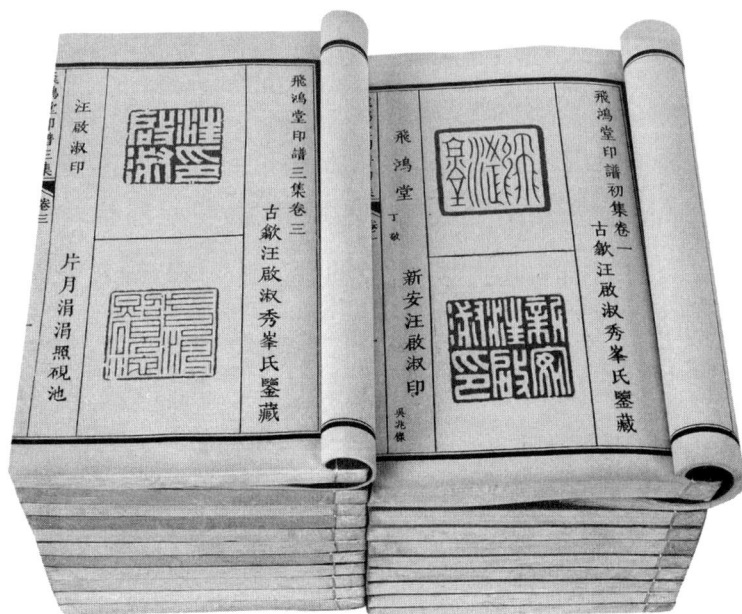

《飞鸿堂印谱》书影

儒商程水南的字与画

　　休宁程嗣立，字风衣，号篁村，人称"水南先生"。他是个孝子，母亲病亡后，他伤心欲绝，开始在母亲的墓旁种花草、盖楼阁，直至造出了一处美丽的园林。他是个商人，运筹帷幄，在扬州经营盐业生意，兴隆发达，家财万贯。他还是个文人，天性聪颖，书读一遍即能通晓大义，原为诸生、廪贡生，清乾隆初年为博学鸿儒，是当时远近闻名的文人雅士。

　　程水南潇洒倜傥，与他结交的文人遍布天下。他家的柳衣园、曲江楼、菰蒲曲、荻庄是众多文人逸士心驰神往之地，那里一处一景，处处有新意。这边的山突兀嶙峋，那边的石玲珑剔透，亭台楼阁，小桥绿柳，宛如画境，吸引了无数文人墨客流连忘返。在这风景极妙的地方，程水南与四方名流吟诗作画，切磋技艺，诗书绘画的技艺也渐臻佳境。他的诗苍深疏厚、气味醇古，他的字画更是名扬天下，几乎天天都有人为求他的字画而登门拜访。

　　某日，一人毕恭毕敬地前来拜访，请求他写幅条幅，程水南当即爽快地答应，吩咐好下人好好款待客人，便转身进了书房。客人一边喝茶一边等着程水南的字幅，他等啊等，过了许久，程水南才缓缓地从书房出来，然而，他手中拿的却不是一幅字，而是一幅画。来人正在纳闷，程水南却诚恳地将这幅画赠给了他，客人满心欢喜，要知道，一幅画可比一幅字贵重多了。客人感激地对程水南说："难怪先生过了这么久才出来，一幅字可以立笔而就，一幅画可就没那么容易了，真是麻烦先生了！"程水南开心一笑："您要求不高，我又怎好怠慢！"来人便千恩万谢地退了出去，程水南则一直将他送出大门口。

过了几日，程水南家中又来了一位求画的客人，程水南照常地热情款待，并欣然应允，继而，当着客人的面挥毫泼墨，瞬间完成。提起来一看，展现在来人面前的却是一幅字，而非来人所要求的画，程水南客气地对那人说："您的要求太高了，我一时难以完成，怕您等太久，就赠您一幅字吧！"来者顿时语塞，吃了哑巴亏，满心的不乐意，却又不能表露，只得收下那幅字，讪讪地道谢。说罢，程水南便急急地送他出门了。

后来，又有人来拜访程水南，这次，来人不仅求字，也求画。程水

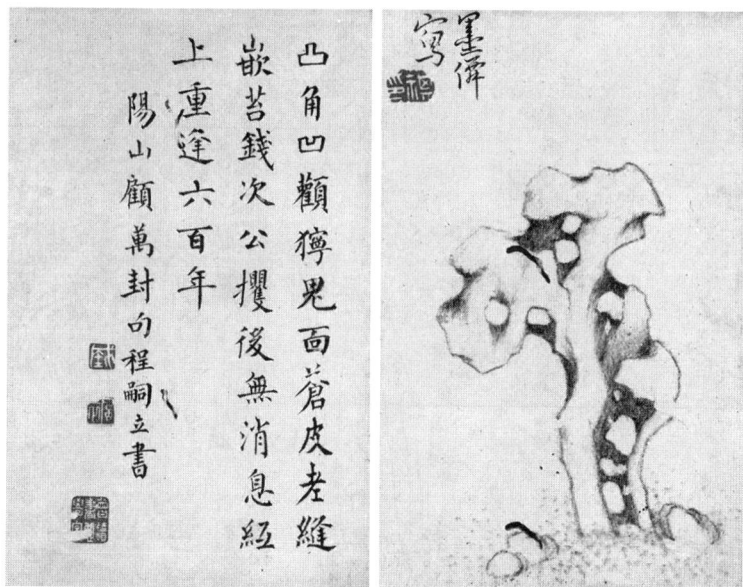

程嗣立字画

徽商故事（清代）

南一听来人的要求，便不慌不忙地吩咐下人拿来茶点，开始与来人聊起天来，他从《毛诗》聊到《庄子》，一个故事接着一个故事地讲，来人听得心不在焉，只得唯唯诺诺地应承。有的人听到后面实在没有耐性了，便会起身告辞，不再提求字画的事，这时，程水南便会听其自便；当然，也有人坚持听到了最后，倒也能得到所求字画之中的一件。

但凡有人向程水南求书，他会以画回应；求画，则以书应；求书、画、诗，则会与其端坐，讲起《毛诗》和《庄子》。程水南的管家对主人的这种行为十分不解，担心长此以往得罪了来客，对自家生意不利，于是，他找到机会劝说程水南："老爷，您为何要这样呢？那些求画的人该会不开心了，这样下去，他们便不会再与咱家做生意了啊！"程水南看到管家满脸愁容，便笑着劝解道："那些人不一定都要与我做生意啊！来人又求字又求画的，都是衣着华丽，态度傲慢，他们并不是真的欣赏我的字画，要么是想表露身份，要么就是将我的字画拿去炫耀，转

手送人。"管家仍是不解:"那么,来求您作字的人,您又何苦送他们画呢?"程水南耐心地说:"你留心观察就会发现,那些都是平常人家,他们没有更多的资本来求画作,便只能简单地求一幅字,为给求字者祝福,我特意赠画,等我百年之后,我的画酬定会增高,那些得到画的人也会有所增益。况且,求字得画者对我的画一定会珍之重之的!"

是啊! 程水南的画价值连城,平常人家得到一幅画便是感激不尽,永远记在心头。尊贵人家收藏的名画颇多,得到他的一幅画,也是不以为然,说忘就忘了,又怎会挂在心上。管家恍然大悟。天底下毕竟平常人家多,富贵人家少啊。做大家的生意,不做少数人的生意,也许正是程水南的生意经呢。程水南就是这样一个多才多艺又率意洒脱的性情商人。

(孟颖佼)

徽商入仕受辱记

　　汪腾蛟的祖上也曾是官宦人家，显赫一时，无奈家道中落，到了汪腾蛟这一代已是寻常人家。好在汪腾蛟经商是一把好手，辛苦是辛苦些，但银子倒是不少赚，虽不是富商大贾，家赀万贯，也算是衣食无忧的小康之家了。母亲康健、家庭和睦、儿孙孝顺，按理说汪腾蛟应该是最幸福的人，也该知足了，人活一世不就是老婆、孩子、热炕头吗？可汪腾蛟还是郁郁寡欢，他在愁什么呢？难道他还缺什么不成？原来，最让他念念不忘的竟是个"功名"。

　　也难怪，"士"为四民之首，古今中外的人物谁还没个"官瘾"呀！汪腾蛟小的时候，也是个读书的好苗子，读书、做官、振兴家族是他自小立下的宏愿。说来也是奇怪，自从考取秀才后，无论他怎么努力，都没法中举，最后只好走上了经商的道路。商海几十年的摸爬滚打，正如他信中所言"好在我此次到扬（州），除连年男婚女嫁、家支、外用不算外，却积蓄五千余两。"有了这些积蓄，汪腾蛟距离"功名"就不远了吗？原来，这一年大清朝发生了白莲教起义，战火连绵川楚等地，国库没了银子，如何镇压白莲教？于是大清朝大开捐纳之门，说白了就是卖官敛钱。就这样汪腾蛟加入了捐官之列，不仅如此，他还帮叔父、弟弟也捐了官，叔父钱不够，汪腾蛟慷慨襄助五百两。这正应了小说家之言："原来徽州人有个癖性，是乌纱帽、红绣鞋，一生只这两件事不争银子，其余诸事悭吝了。"

汪腾蛟捐官可谓下了血本，加上帮叔父、弟弟捐官的银两，共耗银三千余两。好在银子没有白花，汪腾蛟捐了个候补浙江萧山县丞，位列八品，后来又补了实缺。由于分驻外

八品功牌

任，远离县城里的知县老爷，所以汪腾蛟的官位也算是个实职。让汪腾蛟喜出望外的是捐官不仅省份近、有实权，而且即刻就能上任，省去那漫长的等待时间。汪腾蛟上任之初甭提有多高兴了，可谓意气风发，他立即辞去生意，打点行囊，准备走马上任。

汪腾蛟作为一个商人是成功的，不曾想他要决意当官，当官是否如经商般如鱼得水呢？接印上任后，汪腾蛟还是满心欢喜的。负责巡查督查萧山、会稽等地海塘修防事宜，身在官衙，生活较为安逸，最主要的是汪腾蛟毕竟官袍加身，较之商人地位自然陡升。如他信中所言"衙署宽大、体统尊严，出入据如宪体……虽无出息，亦尚荣耀。"然而，当官也是要付出代价的，这似乎让汪腾蛟有点不爽。首先，较之在外经商，当官薪水自然较低；其次，官场各种迎送往来、逢迎巴结、礼节开销自然免不了，如信中所言："计到此十余日，未见一钱，已用廿多两。加之省中各处开发喜包并备办锣拿瓜扇及应用各物，又不下三四十金。……要想赢钱顾家，恐不能够。"原来这当官与发财是不能兼顾的呀！

在亲戚看来，以为汪腾蛟毕竟是做了官，这雪花花的银子自然不

少赚吧。不然老百姓为何经常把"升官"与"发财"连在一起呢？不曾想汪腾蛟这官当得有点怪异。有一天，三舅前来投奔，想来也是为了图个前程，弄点好处，只可惜汪腾蛟竟是个"清官"，也没有通天的本领为三舅谋个差事。临别时也没有多少路费相送，这让三舅非常恼火，任凭汪腾蛟怎么解释，三舅就是不信当官清苦之类的鬼话，认为汪腾蛟摆出官腔"做假"，不肯为亲戚出力，临走还落下一句："当了官怎么就看不起穷亲戚了？"这让汪腾蛟百口莫辩。面对亲戚的质疑，汪腾蛟内心感到极大的矛盾。

清代八品文官补服

若单是当个县丞也就算了，俗话说"官大一级压死人"，上级一纸命令，就能将他任意驱使。这次要他到省城杭州去，负责承办科举考试的后勤供给差事，这可是个吃苦受累还要贴本的苦差事。考生、考官的各种必需物品一应备齐，不能有一点差错，抚、宪等官员亲临考场，而且要求格外严格顶真，汪腾蛟不免恐惧。汪腾蛟初五进闱场，十六日出场，连续十个夜晚都没睡好觉，生怕在科场疏忽了什么，可真是吃力不讨好。最令汪腾蛟气愤的是,为公家办事还要自掏腰包,倒赔银两不下五十两。汪腾蛟内心感到很憋屈:"如此衙门仍要拖此贴钱差使,令人殊闷之耳。"汪腾蛟承办科举不仅耗时费力,更要倒贴银两,莫不是众官员知道汪腾蛟商人出身,都想从他身上分一杯羹呢。

官场上的汪腾蛟再也没有生意场上纵横捭阖的气势,而是一个人微言轻、忍气吞声、处处受掣肘的微末小吏。原来这做官比做生意困难多了,官场之中处处是个"利"字,他于是发出"浙省官常(场)万不能做"的感慨。知道官场真相的汪腾蛟,终于认识到"我因官所累不小,深悔出山之非计。"明知不可为而为之,不智。于是,汪腾蛟最终做出了明智的选择,还是辞官继续经商吧!

（吴冬冬）

徽商教子有奇谋

　　一条漕船行驶在长江之上，上面装满了麻袋粮食，船顺流而下，涨满了风帆。站在船头上的马逢辰心想：这回赶得不错，风力刚好，又是顺流而下，真是顺风顺水，但愿此行也能一切顺利。

　　马逢辰，字星实，徽州歙县人。从他的祖父起，马家便以贩粮起家，依水度日，往来于汉口与苏州之间，将湖北所产大米从汉口装船运至苏州贩卖，世代相传。到马逢辰这一代，由于他经营有道、胆大心细，马家的贩粮生意更加红火。这一次，同往常一样，马逢辰又是从汉口而来，前往苏州。不同的是，这次与马逢辰同行的还有他唯一的儿子马山来。马逢辰同父亲、祖父都是风里来雨里去，历经磨难，终于发家致富，马逢辰年轻时更是没日没夜地拼搏。但他没有想到的是，多年的劳累让自己落下了许多毛病，这几年，年纪渐长，总感觉力不从心。现在，他年已六十，齿发渐衰，精力与体力更是今时不同往日，马家第四代掌舵的时刻到来了。然而，马逢辰对此不无悔意，家业渐丰后，他对唯一的血脉马山来宠爱有加，不忍儿子吃苦受累，故往来生意很少让儿子跟随。马山来自小在温室里长大，生活优裕，既缺乏做生意的经验，又缺少人情世故的历练，这样的马山来怎能担当大任？马逢辰甚是担心。亡羊补牢，为时不晚，为把家业稳稳妥妥地交付于儿子，马逢辰决定在自己还能支撑家业之前，对儿子进行突击训练，好生培养。对此，马逢辰充满了信心。

所谓"上有天堂，下有苏杭"，苏州不仅有美如天堂的景色，也是当时天下一大市集，各种货物琳琅满目。这里商贾聚集，才子遍布，是极尽繁华与风流之地，也是充满诱惑之所。马逢辰此次携子马山来到苏州，除了让他熟悉路线和售货的相关事务外，还有一个更重要的目的，就是用苏州的璀璨靡丽来考验他。

马山来初来乍到，看到这苏州城的诸多新奇事物，瞬间大开眼界。作为满身金银之气的富二代，马山来十分引人注目，停货商行对他也是极力奉承，作为东道主的各商行少爷更是与他很快成为哥们。他们带马山来逛街、听戏，呼朋唤友，玩得不亦乐乎，当然也少不了逛妓院。苏州山灵水秀，盛产美女，自古就是烟花之地，妓院里的女子自然是妖娆妩媚。马山来一翩翩少年公子怎经得住这吴侬软语、丝竹悠扬的诱惑，一来二去便成了妓院的常客。此后，他与诸商行少爷的友谊也迅

清代苏州街景

速升级，他们整日结伴而行，寻花问柳、夜夜笙歌。

常年跟随在马逢辰身边的老伙计看不下去了，心想，少东家这样下去不是办法，便三番五次地到马逢辰那里告状，可马逢辰每次都是淡淡的那几个字："随他去!"老伙计心灰意冷地摇摇头，估摸着是东家老糊涂了，对马家的将来充满了疑虑。

当时的苏州城有一色艺俱佳的名妓，叫郑云仙，马山来闻名往访，一见倾心。那郑云仙竟也十分中意马山来，两人一见钟情，很快便如胶似漆。此后，马山来失了魂魄一般地整日围着郑云仙转，想尽一切办法讨她欢心。郑云仙身价颇高，马山来又是有求必应，银子也就如流水般渐渐溜走。一旦没钱，马山来就偷拿父亲的银两出来挥霍。起初马山来还知道自己这样不妥，有所顾忌，但见父亲从未有所责备，也就渐渐明目张胆起来。

就这样，半年过去了，马山来流连于烟花柳巷，与郑云仙缱绻缠绵，而这郑云仙对马山来也是柔情蜜意，饮食起居照顾周全，两人整日泡在甜言蜜语、郎情妾意之中。而且，马山来自得了这郑云仙，伙伴们是各种羡慕嫉妒、恭维连连，马山来俨然一副笑傲苏州城的派头，风光无限。就在他沉浸于一片鲜花与掌声之中时，父亲告知他："货快要售完了，咱们也该回家了。"想想在这苏州城吃穿用度都不缺、吃喝玩乐样样全，马山来乐不思蜀，怎愿离去，更何况还有那柔情似水的红颜知己郑云仙。可是，马家正在与各商号核数收银，启程的日子一天天逼近。

这日，马逢辰将马山来唤回家中，平静地对他说："这是我从所收货款里拿出来的五百两银子，你到平日作乐之处打点打点，吃穿用度，想要什么就给什么。"马山来听后低头不语，想是父亲在讥讽他平日浪费无度。可马逢辰却极认真："欢场之中，切莫吝财，以免遭人讥议，赶紧去吧!"马山来欣喜若狂，飞一般地奔回妓院，将钱全都交给了郑云仙，开心地对她说："裁衣购物、金玉珠翠，随便你花！"郑云仙一听，喜上眉梢，紧紧地拥抱马山来。这夜，二人山盟海誓、枕边细语，郑云仙深情款款地问："你此去何时才能归来啊？"马山来叹口气说："哎，得有半年吧！"郑云仙听后，便开始啜泣："我与你一见如故，愿永世为好，以后定不会再接他客了，可你却一去半年，妾身该如何是好？"马山来一听，赶紧安慰："卿莫伤心，明日我再向父亲取二百两给你，你大可安心等我归来！"次日，马山来便又去央求父亲，马逢辰爽快地答应了，并告知道："再过十来天我们就要走了，你且去与那郑云仙告别，我在这边整理行装，等你回来我们一起出发！"

马山来与郑云仙相聚十日，终于到了分离的时刻，二人万般不舍，郑云仙还亲自张罗了一桌饭菜给马山来饯行。临别相送时，郑云仙早已哭成了泪人，又剪青丝一缕赠与马山来："郎见此犹如见妾，途中珍重，万万自爱！"马山来眼含热泪，两人相拥而泣。

等马山来与郑云仙话别归来时，马逢辰已在船上等候。马山来远远望着老父佝偻的背，竟有些愧疚之意袭上心头。

马家的船扬帆出航，出镇江，到金山，没有继续前行，而是泊在了岸边。这时，马山来还在为剪不断、理还乱的离愁而揪心。当父亲把几件破烂衣服放在他面前，让他穿上时，他才意识到船早已停了下来。马山来慌了，看着面前的破衣烂衫不知所措，马逢辰冷静地对儿子说："不是我要赶你走，也不是我想让你出丑，此去可知世道人心！"并千叮咛万嘱咐地告诉儿子："无论见到谁，你就说咱家在长江遇到巨风，粮船翻了，东西全没了，自己幸遇邻船相救，但父亲却生死未卜，千万不要将实情告诉别人！"

马山来隐约意识到父亲的意思，不得已上了岸，心里却在想，郑云仙见到我回来一定很开心。马山来来到妓院门口，看门的几个人将他拦了下来。争执之中，马山来的声音被里面的郑云仙听到，郑云仙满

镇江金山寺

心欢喜地跑了出来。但她一看见马山来衣衫褴褛,脸色顿变,神情落寞,勉强将马山来迎了进来。进门之后,她立即细问其中缘故,得知翻船情形后,郑云仙面无表情、头也不回地进了屋,二话不说就让仆人把马山来往外赶。郑云仙的反应给了马山来当头棒喝,他失落至极,心想:妓女果然都是薄情寡义、爱钱如命之人。其实,并非所有妓女都是轻薄无情之人,但不轻薄无情的妓女也的确不多,能有几个像杜十娘那样的呢?马山来不得已,又来到停货的商行,他觉得那些曾经称兄道弟、对他无比崇拜的哥们肯定不会嫌弃他。然而,事实再次证明,他错了。来到商行门前,马山来再次被挡在了外面。他说明情况,几番央求后,那看门人才满心不情愿地前去禀报,可那些商行少年压根就不与他相见,甚至让回禀之人出语讥讽。

这时,天色渐晚,马山来彷徨失措,曾经花天酒地的苏州城现在竟无一处可以落脚的地方,曾经郎情妾意的美人、称兄道弟的哥们,竟无一人愿意与他相见。饥寒交迫、进退维谷之际,忽遇一人指着他道:

"这不是马公子么！才别几日，为何落魄至此？"马山来恍然，细看此人，原是一同乡商人，在此开有一商行，生意上曾有往来，两人虽相识却未曾深交。马山来将风涛破船之事告知对方。此人听后唏嘘不已，将马山来引至自己住处留宿，还给他准备了食物，置备了换洗的衣物。次日，马山来欲走，他又给了马山来一笔钱，让他沿江寻找父亲。马山来感动地再三致谢，便回去找父亲了。一路上，欢场女子的逢场作戏、商行少年的落井下石与同乡商人的雪中送炭历历在目，"春冰薄，人情更薄"，何况是欢场中的女子，名利场中的朋友。此次折返，让他切切实实地体验到自己过往的荒唐与天真，原来自己一直走的都是一条自取灭亡之路！

回到金山，马山来直接跪在了父亲面前："孩儿知错，请父亲大人原谅！"马逢辰笑着扶起儿子。马山来惭愧地对着父亲说道："妓女爱恋我，是贪图我的钱；商行取悦我，是想借我的货发财。而今，孩儿已知人情反复、世态炎凉，自此改过！患难才能见友朋，我今后一定择人而友、谨慎处事！"听着儿子的悔过，马逢辰欣慰地笑着说："好！孺子可教！"

回到歙县，马逢辰便将产业交给儿子掌管。不经一事，不长一智，马山来自此勤俭持家，用心经营。再次来到苏州时，马山来毫不犹豫地选择与昔日收留他的商行合作，与各行酒食争逐之友概不往来，对艳色媚情也丝毫不为所动。数年间，马山来致富巨万，同乡的商行也因此收入颇丰。

实践才是检验真理的唯一标准。面对被浮世繁华所诱惑的儿子，马逢辰没有苦口婆心的说教，没有恨铁不成刚的整日责骂，而是用心良苦、谋定而后动，让儿子直面惨淡而现实的人生。不得不说，姜还是老的辣！

明清时期的大部分徽商在商业有成、"家业隆起"之后，依然节俭

徽商故事（清代）

如故，虽富犹朴。但也有许多商人贪于享乐，为红绣鞋挥金如土，自散钱财。这与徽商对子弟的教育密切相关，"子不教，父之过"，还是有一定道理的。用怎样的方式挽救失足少年、教育子女，才能收到立竿见影的效果？无论是明清时期的徽商，还是现在的我们，都值得认真思考。

（董家魁）

许翁散财为教子

　　清代歙县人许翁,是个生意人,家中十几代经营典当。到许翁这代,家中已经在江苏、浙江一带开有大大小小四十多家当铺连锁店,可谓生意兴隆,家资丰饶。在老家歙县,人们都知道许家是出了名的富商。

　　许翁颇有旧式生意人的个性,为人诚实善良,忠厚老实。虽贵为巨贾老板,可从不以势压人,奸诈趋利。他甚至不善言辞,口舌木讷,对子侄辈也是宠爱有加,管教上也不甚严厉。

　　许翁的子侄辈中有三四个年轻人,从小在优越的环境中长大,养成公子哥儿做派,文不学生意,武不能举锄,除了喜好吃喝玩乐、声色犬马外,更是在衣食住行上追求奢侈豪华,席丰履厚,排场显赫。

　　他们每每出行都是高车驷马,华服轻裘,家僮仆人前呼后拥,送往迎来。他们以此炫耀于乡里邻间,弄得四乡八邻不得安生。街坊邻居无不摇头唾弃,叹许翁子弟不肖,也替许翁担忧。都知道,许翁家中为此共买了奴仆数百人,豢养青骊红白各色良种骏马几十匹,并配有昂贵的马鞍和驾具。这几个公子哥儿的靡费生活,让许翁开支超过王侯将相。

　　果然有一天,歙县县令的衙役手持县令的文书来到许翁家,说许

徽商故事（清代）

当铺

翁家的这几个不肖子弟，因为狂妄骄蛮，豪横乡里，扰民不安，拟将他们逮捕问罪。几个不肖子弟闻此消息，这才丧胆害怕，一番东躲西藏后，许翁又上下求人，打通关系。家中为他们花了不少钱财，此事才算作罢。

这种招惹来的破事儿刚了结不久，几人便聚在一起商量了一番，认为家乡已经不能待了，大家应该一道出游，到外地去住上一段时间，一来算是躲避官家，二来也可以出去游玩。他们知道，家里在江浙一带的典当铺如星罗棋布，是不用考虑那不菲的费用的。

于是，瞒着许翁，几人各自备好了船只和银两，商量好了出游的时间，一起离家出游至江浙间。诸如吃喝玩乐嫖赌，无所不为，继续过着他们挥霍无度的生活。只要钱用完了，他们就让人到自家的当铺去取。凡是家里开的当铺，无论远近，他们都让亲近的随从拿着一张纸片去取钱。倘若当铺掌柜面有难色，或者稍加阻止，他们便怒斥道："这是我们家的店铺，我拿的是我们家的钱，你管得着么？"当铺掌柜便不敢多说什么了，只好取出银两让他们拿去。不久，许翁家江浙一带的当铺陆续都遇到了这样的事情，各处当铺的掌柜感觉事情不妙，便赶紧写信，将这一情况告诉许翁。

老实忠厚的许翁接到这么多掌柜的来信，思量了许久，感到自己已经无力制止这几个不肖子弟的挥霍行径了。他很是担忧，不禁仰天长叹："难道，祖上传下来的几代家业，今天将要败在我的手上了。我让你们这些不争气的败家子，好吃懒做的丢人现眼去！"思来想去，许翁决

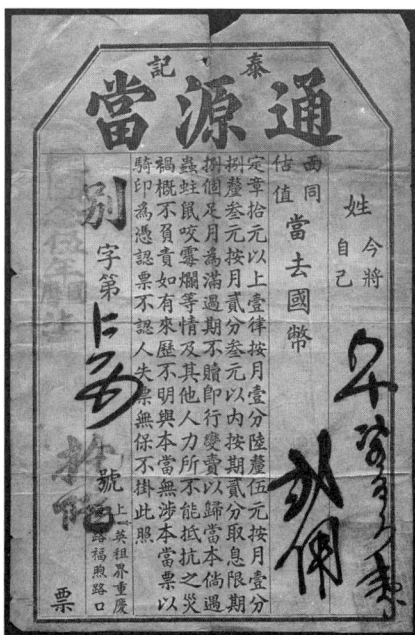

当票

定将家里的典当铺子全部关掉，让他们没有地方取钱，釜底抽薪，认为这样该可以彻底结束此事了吧。于是，他连夜写信致各处的掌柜，让所有的当铺在同一天里关门歇业，想必这样总可以万事大吉了。

各处当铺接到了许翁的信后，雇员伙计学徒小厮等听说老板要将当铺关掉，便纷纷嚷起来："老板为啥要关店铺的门呢？老板又不缺钱，就因为怕子弟来无休止拿钱，就把当铺的门关了，还认为这个办法便可以万事大吉了？""难道许老板没有想到，我们该怎么办呢？我们干活是要养家活口的，他一关门不打紧，可是我们就要没事情做了，那不就是失业了么？现在，我们就是回去也没有路费啊？"于是这些人拿出了笔墨，纷纷联名写信给许翁。

许翁收到了各处铺面的来信后，才想起来，还有铺面雇员伙计等的安置问题，他一时间也想不出其他的好办法，于是，他告诉家里所有典当铺的掌柜，他会根据当铺的大小不同，发给每人一笔安家费。大

徽商故事（清代）

典当铺掌柜每人两千两银子，小的一千两。其他的，店铺里的伙计学徒小厮，每人都有份，最少的也给十万钱。许翁君子一言，各处当铺就按照花名册分发了起来。许翁做此决定前，并没有想到去估算一下各处当铺雇员的人数有多少，发到最后才知道，加起来竟然快到两千人。每个做事的人都拿到了自己那笔钱的时候，许翁祖辈好几代积累下来的数百万资产已殆尽。

那几个不争气的子弟，今后再也无处索要钱财了。他们被许翁的无奈之举所震惊，头脑这才清醒过来，便统统跪在许翁面前，乞求鞭打惩罚自己，指示他们该如何经商和生活。许翁见几人已开始悔悟，便指着堂上的先祖像说："孩子们，我们的祖上乃是白手起家的，你们不种田地，不知道米粮来之不易。由于你们不务正业，挥霍无度，如今我们的家产已殆尽。我现在只能给你们每人一千两银子，你们各自创业去吧！"子弟们听后痛哭流涕，决心要改邪归正，重振家业了。但愿他们能够"亡羊补牢，为时未晚"。

许翁散财，为的是教育不肖子弟，也付出了惨重的代价。一个显赫的巨贾徽商，一夜间几乎散尽了所有钱财。有乡邻看见许翁时，见他的头上尚且戴着缀着蓝羽青金石的顶子。许翁说，这是我仅有的财产了。同乡有位翰林先生，来到许翁家看望他，不解地问道："许老先生，你这样做不觉得后悔和可惜吗？"许翁愤愤而冷静地说："这是无可奈何的事，家运已经到了这种地步，我只能这样做了。他们有手有脚，还有我给的一千两银子，如果成才，他们还会赚回来的，如果不成才，那就应该让他们吃点苦去！"

（谢燎原）

拾金不昧的三个徽商

汪应鹤,字仲甫,是徽州歙县古河坑人。年少时经常去芜湖经商,有一次,在快走到泾县的时候,在一条小路的草丛里发现了一个束着口的布口袋,他拾起来打开一看,里面装的居然是几百两银子。他心里有点奇怪,想着,这么一大笔钱财,怎么会丢在这里呢?失主一定很着急吧!又想到自己这样抱着这包银子在这里等失主,也是不安全的。于是,他便在附近找了一家客栈,将拾到的这一包银子藏在了里面,自己又回到拾银子处等待失主。

不一会儿,果然见一人慌张焦急地走了过来,只见他一边焦急地低头寻找,一边口中喃喃自语,面色蜡黄,满头是汗,六神无主。

汪应鹤上前询问,那人几乎气若游丝带着哭腔说:"我从外面做买卖回来,带着银子回来娶亲的,不想,赶路走得快,银子全丢了。"汪应鹤又问他:"你丢了多少银子?"那人说出了数目,汪应鹤一听,与自己拾到的那一包银子的数目

大清银币

相同，便又问了装银子的布袋是什么颜色，那人说的颜色正是汪应鹤拾到的布袋的颜色。

汪应鹤拍了拍他的肩膀安慰他说："你别着急了，你的银子给我拾到了，现在你跟着我来吧"。那人将信将疑，便跟着汪应鹤来到了客栈，汪应鹤将拾到的银子悉数奉还给了那人。那人见到自己失而复得的银子，简直是喜极而泣，更是感激涕零。他解开了布袋，从里面拿出了部分银子要送给汪应鹤表示酬谢。汪应鹤坚决地回绝了，他说："你的银子我怎么能要？如果我要贪图你的钱财，怎么会拾到了你的银子后，还在这里等你呢？"失主听了，觉得惭愧，因此对汪应鹤更加敬重了，于是，问了姓名，拜别而去。

后来，汪应鹤美名渐渐远扬，知府洪肇懋专门写了一篇文章以示旌表。绩溪人胡承福书一"还金堂"三个字的匾额，悬挂在汪应鹤家的中堂之上。

另一个徽州商人叫王一标，是歙县王村人，家中并不富裕，他从小便跟着乡人出外经商，小小年纪便来往于徽州和繁昌县的荻港镇之

银锭

间，他知道，做小本生意，唯有靠自己手脚勤快了。

有一次，在回乡的路上，他拾到了一个布袋，打开一看，里面是一百两银子。当时的一个县令一年的俸禄才有六十两，而一个在县衙里杂役一年的薪水才只有六两银子。这一百两银子要是让王一标做本钱经营的话，那生意上一定会大有起色的。可是，少年的王一标此时考虑的只是失主，他想，这钱是谁家丢的呢？这家人家丢了这么一大笔钱，天还不塌了下来么？若是有急用的话，丢了救命的钱，说不定因此而家破人亡的。想到这里，他决定坐在原地等失主，可是看看天，太阳已经快要落山了，失主如果不现身，自己耽误了赶路，晚上怎么办？

正在这时候，见路上有个人慌慌张张地走了过来。王一标忙上前盘问，那人焦急地说自己的一百两银子丢了，说着，不停地用袖子擦着头上的汗。王一标便将自己拾到的银子还给了那个人，那人自然感激不尽，也是从中拿出了一点银子要给王一标表示感谢，王一标坚辞不受，那人一定要他收下，说自己只是表达谢意。王一标推辞道："若是我贪图钱财，怎么会在这里等着你回来呢？我早将钱昧了下来了。"那人听了，无话可答，唯有拜谢而去。

那人回到家乡后，才听说这个拾金不昧的王一标，虽然年纪不大，可在乡里是个尚德好义的好后生。后来，王一标经商渐渐地有起色，他拿出了一部分钱修宗族的祠堂，添置义田，久而久之，王一标的威望渐高，人们家中，或地方发生口角或争执，都喜欢找他调解，而他也从来都是不徇私情，总是以理服人地将事情化解。

后来王一标的生意也是越做越好，越做越大。告老还乡以后，他更是舍利取义，操劳家乡的事情。在他八十寿辰生日的时候，亲朋乡党要来给他祝寿，他没有大摆寿宴，只是在他寿辰的那一天，施给了近邻的乞讨者每人一升米。

王一标的种种义举，让他成为当地有名望的耆宿，每届乡饮仪式，

徽商故事（清代）

县令都会邀请他去参加，让他一个商人跻身于地方绅士领袖中间。县令还亲赠书有"祁山硕望"的匾额给他。

还有一个徽州商人叫吴道暹，字达先，休宁和村人，也是一个拾金不昧的人。少年时代便因为家境贫寒而出门到浙江做生意。一次在外，他如厕时候在茅房里看见了一个大包裹，打开一看，是一包白花花的银子。他想，一定是前面的人如厕时忘记的，便决定在茅房边上等候，过了很长时间，果然有一人哭号着来到茅房这里，他见到吴道暹手里拿着包裹站在一边等他，便立刻转悲为喜，吴道暹断定这人是失主。他告诉吴道暹，这包裹里面的钱是他父亲的救命钱。吴道暹听了，有点不解地问他原委。原来这人的父亲被人诬告了关在狱中，一家人东借西凑了这三百两银子要去解救父亲的。那人说："谁知道路过这里的时候，在茅房里将这包银子弄丢了，若不是你在这里等我，还给我这笔钱，我父亲就没救了。"

那人千恩万谢，要拿出银子的一半感谢吴道暹，吴道暹拒绝了。那人想是给得多了，吴道暹不好意思拿？想了想又从里面拿出五十两作为酬谢，交给吴道暹。吴道暹这时候甚至有点不高兴了，他认为失主低估了他的人品，让他赶紧回家去，救父亲出来是大事。那人一再拜谢，并让他留下姓名。可是吴道暹还是没有说出自己的名字，就别他而去了。

那人的父亲出狱后，那个人向父亲说了吴道暹拾金不昧的事情，他父亲则责怪儿子没有问到恩人的姓名，于是一家人四处张贴手画的布告四处寻找，将吴道暹的年龄身高相貌口音等特征都写在上面，后来，终于有认识并了解吴道暹为人的人，说出了他的姓名籍贯。他的善行大白于天下，好事传千里，徽州老乡翰林院编修为他的义举作了传。

（谢燎原）

拾金不昧终有报，小伙夫变大富翁

徽商致富，有的是一枚铜钱起家，艰苦创业；有的是把准商机，资本大增；而从闻名于世的汪裕泰茶庄走出来的千万富翁程德成，他的发家致富，与其说是一夜暴富的偶然，不如说是一次拾金不昧的行为引发的必然。

程德成是歙县冯塘村人，清同治年间，来到上海，在徽州老乡开的汪裕泰茶庄里谋到了一份差事。程德成之所以远离家乡，出来谋生，就是因为家里贫穷，出来赚点钱好养活家中老小。怀揣着这简单、实在的理想，程德成在汪裕泰茶庄里做起了伙夫。理想虽然简单，却是他在异乡生存的心理支柱，干起活来自然就有干劲儿。他手脚麻利，做事勤奋，脑筋又聪明，没用多久就摸清店里伙计的口味，炒得一手好菜，博得了大家一致好评。

一日，难得偷闲，程德成想起以前在家乡时，常听那些出门回来的人说上海这好那好，自他来到这边，还没有到处逛逛，今日得空，就出去走走吧，看看这大上海，找找那些别人口中的稀罕玩意儿。

此时的上海是中外通商之地，繁华至极。黄浦江中各种洋轮、它国兵轮，形形色色，触目皆是。再看马路上车水马龙，电车、马车、脚踏车、人力车来来往往，更有外国人的汽车一声放汽，其行如飞。程德成

徽商故事（清代）

旧中国的上海

怎么也想不明白,上海的道路怎么能这么平坦笔直。街上人声喧嚣,各种店铺的招牌,交错缤纷,有戏院、有茶馆、有酒楼等等,五步一楼,十步一阁,楼阁玲珑,美轮美奂,高大的洋房有三层楼或五层楼的,可谓飞阁流丹。街上来来往往的男男女女衣着服饰都与家乡大大不同,色彩鲜艳、式样各异,都是程德成未曾见过的。

看着上海的纷华靡丽,程德成震惊了,继而有些陶醉,恨不能多长一双眼睛,将这些没见过的新奇玩意儿尽收眼底。然而,走着走着,程德成的兴奋渐渐散去,失落开始蔓延。上海的繁华虽在眼前,却与自己无关,初来乍到的小厨子,囊中羞涩,即便是有万般纷华,都无福消遣。程德成长长地叹了一口气,心想,只能暗下决心,更加勤奋,更加努力,以图有朝一日发家致富,闯出属于自己的一片天。想到这里,失落的情绪略微收敛,一看天色渐晚,程德成便收拾心情,准备回茶庄。

这时,他突然觉得肚子不舒服,急忙跑到路边的厕所解手。出去的时候，他看到旁边的角落里有个皮包，样子蛮新的，以前都没见过，程德成觉得好奇便捡了起来，打开一看，瞬时惊呆了，映入眼帘的是数万元现钞和一些汇票。"这么多钱！谁如此不小心丢的呢？失主一定急坏了啊！"程德成左思右想，这里人生地不熟，自己也不能主动去找失主，最好的办法就是站在原地等。于是，程德成拿着皮包站在厕所门口等着失主回来认领。期间，有许多人从厕所进进出出，但都没有寻找失物的意思。

天渐渐黑了，上海之夜却仍然似白昼一般，灯火通明。程德成已经在厕所门口站了将近三个钟头，因为害怕错过失主，他一步都没敢离开。终于，不远处，几个外国人低头寻找着东西，慢慢地朝这边走来，到了程德成跟前，其中一个外国人看到他手里的皮包，顿时眼前一亮。原来他就是皮包的主人——德国礼和洋行的经理，这笔钱是一笔大买卖的资金，事关重大，洋经理下午丢在了这里，差点坏了洋行的大事，幸好现在找了回来。洋经理长吁一口气，问起了程德成事情的经过，得知程德成已经等了三个钟头，洋经理感动得紧紧握住程德成的手，并从自己衣服里拿出一沓钞票塞给程德成，可程德成却说："你丢的东西，自然是得还给你，这钱怎么能要呢？"他坚辞不收，洋经理只得作罢。几人一路交谈，一路往回走，当洋经理得知程德成是汪裕泰茶庄的厨子后，便提出让他到洋行做厨子，并请他一定答应，就这样，程德成变为礼和洋行的厨子。

不久，第一次世界大战爆发，洋经理奉命回国，临走时将礼和洋行委托给程德成看管，并提出日后将礼和洋行的一半财产给他。对此，程德成婉言辞谢，洋经理知道他的固执，更佩服程德成的为人，感激他的恩惠。作为一个中国通，洋经理知道徽州人一生看重"两子"，即"儿子"和"房子"，于是，他在上海郊区的跑马厅一带买下一大片荒地送给程德成。洋经理先斩后奏，陈述了自己对程德成的感激之情，并希望程德成一定要收下，以完成他报恩的心愿。盛情难却且木已成舟，程德成再也无法拒绝，只好接收了。

物转星移，随着上海的开发和日趋繁荣，越来越多的人涌向上海，那片荒地顿时身价大增，程德成也因此发了大财，资产达到一千万银两，实现了自己的梦想。

想当初，见识了上海与家乡的天壤之别，认识到金钱在上海的重要性，坚定了发家致富的理想后，却刚好让他捡到钱，面对一皮包财富，他丝毫没有动心。就是这样一次拾金不昧的高尚行为，让他由小伙夫变成为千万富翁，这真是以德生财啊！

（孟颖佼）

上海德商礼和洋行旧址

千里寻父，建造"詹商岭"

说起徽商当年建造的"詹商岭"，这背后的故事不得不说。

眼看着年关已近，詹文锡今年十七岁了，可至今未曾见过父亲一面。看到邻家同龄人从小就享受着父子天伦之乐，詹文锡也怪可怜的。原来这徽州千百年来有这样一个习俗，徽商新婚不久就要外出谋生，经常数年不归，甚至新婚夫妇终身难再重圆。妻盼夫、儿盼父早归的心情是多么的急切。眼瞅着母亲也上了年纪，整日倚门远望，詹文锡不由得热泪盈眶，心底里发誓要寻父亲归来。可徽商远行足迹向来不定，天南海北，山高路远，寻找父亲又谈何容易？初生牛犊不怕虎，詹文锡说干就干，准备好行囊和有限的盘缠，拜别母亲大人后，就踏上了千里寻父的漫漫征程。

詹文锡沿着徽商经营的路线溯江而上，由湖北到四川，转由云南到贵州，沿途呼喊父亲的名字。这一声声的呼喊穿过乡间、城镇、密林，声音悲切凄然，听者无不为之动容。往来的客商行人都知道有个寻父的大孝子。可这一晃大半年的时间过去了，身上的盘缠也不多了，可连父亲的影子也没有打听到。他将何去何从呢，是趁早回徽州老家，还是继续寻找下去？若是现在回家路费还是有的，可是之前的努力不都白费了吗？何况母亲仍在盼望儿子的好消息呢，这样回去了

徽商故事（清代）

将如何面对母亲？

詹文锡决心继续寻父。于是他就在渡口码头找活干，一边为船家做帮手，一边寻父。久而久之，往来的船家都知道他要寻找十几年未曾蒙面的父亲，或许是为他的赤诚之心所感动，众船家都愿意把他带在船上，帮他一把。詹文锡站在船家的甲板上，边打杂，边向穿过身边的船只不停地呼喊父亲的名字，就这样船走过一段，他就换过一条船，时间久了他的呼喊已经超越了地域的限制，流传到长江沿岸。

一天，有条船听到詹文锡凄切的呼喊声，就循着声音向他靠过来。一个商人模样的男子满脸疑惑地问道："后生，你为什么不停地呼喊这个人的名字呢？"詹文锡如实相告："我是在寻找父亲大人，父亲离家十七载，家里人好不想念。"那商人道："你这样找下去实在是难呀！你是哪里人？听口音你是徽州人吧。"答道："是的。"商人仔细打量一番，细细询问了詹文锡的家里情况，突然伤心地对詹文锡说："我就是你要找的父亲啊，你就是我的儿子！你母亲的身体还好吗？是啊，算起来我已经十七年没有回家了，做父亲的真是惭愧呀，我对不起你，也对不起你的母亲。"说着，两人拥抱在一起痛哭流涕，此情此景，一旁的人都为他们的奇遇感到既惊喜又悲伤。

詹文锡终于寻找到离家十多年的父亲，心里自然甚是高兴，流出的也是幸福的泪水。想到家人快要团聚了，詹文锡正期待着与父亲立刻回家见母亲呢，这时詹父却吩咐道："儿呀！权且跟我回四川，帮我料理店铺生意。待店铺安排妥当后，我们就一起返回徽州老家。"詹文锡虽然回家心切，但还是理解和听从父亲的安排。也很快到了父子回乡的时候，一路上，这对父子俩似乎有说不完的话。这十七年的酸甜苦辣，詹文锡一股脑地全部倾诉出来，父亲也倾吐了这些年在外艰辛经商的情况。

回到老家后，父亲一直念念不忘四川的生意，还想带着家人重返四川，继续经营老店。詹文锡奉劝说："四川距离徽州遥远，且崇山峻岭，交通相当不便，生活也很艰辛，况且您年事已高，还是应该住在家乡养老啊。"又说："父亲您如果实在不愿赋闲在家，也可就近做些生意，免去那舟车劳顿之苦。如今儿已成年，四川的店铺就由我去经营吧，我每年回家向您汇报经营情况，也算是两全其美。"父亲同意后，詹文锡奔赴四川料理店务，生意也日渐兴旺。

有一次，詹文锡经商途中遇到一处险道，名叫"惊梦滩"。此处悬崖峭壁，当地百姓和往来客商久为险道所苦，经常发生坠崖人亡的事故。詹文锡经商在外，深知路途艰辛，便暗下决心在这里修一条便民大道。

数年之后，詹文锡经过努力拼搏，终于发了大财。当他再次途经"惊梦滩"时，此处依然惊险难走，没有一点儿改变。几经考虑，决心要为这一方百姓开山修路，让后世子孙再也不为道路艰辛所苦。他主动找到当地官府，说是愿意捐钱开山修道，恳请地方官府主持修路事宜。当地官员正为无钱修路而束手无策呢，突然冒出个财神爷出来，自然欢喜，盛赞商人的义举。有了资金，官府办事效率倒是也快，马上派人绘图，招募工匠，采办工料。一年后，一条坦途大道终于开通了。

当地官府为了表彰詹文锡的德行，想在大道上立碑纪念，借此劝告往来商人也像徽商那样，多为当地做些善事。可是，詹文锡坚辞不同意，他说："我是徽州人，来到四川经商，我赚了四川人的钱，理应回报四川人。我所捐的钱也是四川人的钱，为何要为我立碑呢？我于心不安！"当地官府并不甘心，退而求其次，希望以詹文锡的姓为这条大道命名，并刻石"詹商岭"，意思是这条道路是姓詹的一位徽商捐资开通的。詹文锡心想："詹商岭"，天下姓詹的人很多，也不会有人知道是

徽商故事（清代）

我詹文锡捐修的，也就同意了。

从此，"詹商岭"的路名就在当地传诵开来。几百年过去了，詹文锡千里寻父、捐资修路的事迹代代相传，并为史志所载。历史不会因为詹文锡的刻意谦让而被遗忘，这或许正是历史最公正无私之处！

（吴冬冬）

千里寻亲,孝道传承

  徽人重商,而"商必远出",一代代的徽州男儿前仆后继。他们背上行囊,与亲人诀别,带着不怕吃苦的徽骆驼精神和代代相传的智慧结晶上路了。他们之中,有的人是新婚燕尔、娶亲数月,有的是子女年幼,甚至尚在襁褓之中。他们这么一走,也许好几年、也许十几年、甚至几十年才能回来。那时,即使父子邂逅也都可能互不相识,当然也有的人就再也回不来了!

  徽州歙县仰村的仰大彬便没能再活着回到他的故里。当年,嗷嗷待哺的儿子仰文照和年迈苍老的父母激起了他的雄心壮志,于是,带着要给家人好生活的承诺,他毫不犹豫地离开了家门,远去湖北经商。可是,人生在世,祸福难料,没几年,生意已经走上正轨的仰大彬,不巧遇上了清初康熙年间的三藩叛乱。动乱的年代总会发生一些生离死别的故事,他在动荡中辗转迁移,颠沛流离中失去了与家人的联系,远在徽州的仰家人到处打探仰大彬的消息,却是一无所获。失去了亲人的消息,生活却必须继续。就这样,不知不觉间,仰文照已经长大成人。他看着祖父母怀着未能最后见父亲一面的遗恨相继去世,看着母亲因为思念父亲终日以泪洗面。从小到大,他一直都是个体贴、孝顺的孩子,不忍心让母亲再添忧愁。不久,仰文照娶亲生子,肩上的责任愈加沉重。期间，他曾多番出门打探父亲的消息，却始终未能探得一点有用的线索，有的人说父亲死了，有的人说在云南见过他。父亲的失踪就像是仰文照心中的一根刺，随着年月的增长越扎越深。终于，这一年，仰文照将家中的一切安排妥当，拿着积累了多年的盘缠上路了。这一次，他下定决心，不论父亲是生是死，他都会把父亲带回家。

仰文照矢志寻父，一旦踏上征程，便是奋不顾身，他循着一点模糊的线索沿途寻找父亲的踪迹。走过崇山峻岭，穿过不毛之地，躲过豺狼虎豹，后来，盘缠用尽了，他便好几日才吃上一顿饭，饥寒交迫，有好几次险些丧命，他都凭着坚强的意志挺了过来。数年间，他寻遍了湖北、云南、福建、贵州等所有父亲可能去的地方。终于，皇天不负有心人，凭着一些尚在人世的徽州老乡的帮助，他在贵州玉屏县找到了父亲的遗骸。此时的仰文照像个孩子一样号啕大哭。尔后，他又历尽艰辛，护卫着父亲的遗骸回乡安葬。

几年的风餐露宿，几次死里逃生，即便再强壮的人都不会安然无恙。仰文照也落下了一身毛病，此后的年月一直饱受病痛之苦。但不管再苦再累，他都甘愿承受，因为，他把父亲带回来了，把离开家乡几十载的父亲接回了家乡，虽然父亲已经再也看不到家乡的山山水水。

仰文照的儿子仰际嵋，也是个颇有孝心的孩子，他感念父亲年轻时寻亲之苦，看着父亲饱受病痛折磨，心疼父亲，经常偷偷地哭泣。他侍奉父亲特别细心、周

到，自己的事情也从来不让父亲挂牵。后来，仰文照去世了，仰际嵋号哭不止，为父亲守丧数日，滴米未尽，将父亲风风光光地下葬，让左邻右舍对此无不感叹。

乾隆甲子年（1744），徽州闹洪水，大雨倾盆，山洪顺江河倾泻而下，冲毁房屋、道路和桥梁，淹毙人口，仰文照的棺材也被大水冲得无影无踪。仰际嵋知道后，连忙到处寻找，附近没有半点踪影，伤心的仰际嵋趴在泥沼里痛哭。接着，他便决定要沿着水流去找，家人在后面紧紧追赶，求他注意安全，慢着点走，可他却朝家人喊道："要是父亲的骸骨找不回来，你们也别指望我能回来了！"说完，便急匆匆地追去了。

仰际嵋沿着水流一直追到杭州，沿途只要经过寺庙，便会进去叩头祷告，每次都会磕得流血。在岸边露宿数月之后，他终于在钱塘江边找到了父亲的棺材，仰际嵋欣喜若狂，急忙买舟载着父亲的棺材往回赶。一路上，阵阵狂风时不时地刮过来，巨浪翻腾，仰际嵋的船也跟着浮浮沉沉，每当这时，仰际嵋便会紧紧抱住父亲的棺材，轻轻拍着棺材，哭着说："有儿子在这，父亲别害怕！"船上之人听到此语，无不感动落泪。从此，仰家两代人的孝顺被当地人传为佳话，广为流传。

父母是孩子最好的老师，孩子又最擅长模仿，上行下效，孩子看到自己的父母不孝顺，也很难学会孝顺。如果做父母的能够以身作则，好好地孝顺自家老人，子女看在眼中，记在心里，也会同样体贴自己的父母，毕竟，榜样的力量是无穷的！正如古希腊哲学家苏格拉底曾说过的那样："要用希望孩子对待你的方式去对待父母。"

（孟颖伶）

为保多年金招牌，拒收重金售店名

　　吴城是江西名镇，地处鄱阳湖、赣江、修河交汇点，面水而居，水上交通极为便利。自汉晋以来，吴城就是重要的水运码头，棉花、木材、海产等货物都由此转运，输往各省。河上舟楫交错、人声鼎沸，镇上更是店铺林立、熙熙攘攘。在这繁华的小镇，各商号为了争夺更多的客源使尽浑身解数，但在激烈的竞争中，仍然是你方唱罢我登场，东家刚关门歇业，西家却鸣炮开张，多少商号沉沉浮浮，最终都成为吴城的过客。唯有胡荣命的杂货店在这里风风雨雨五十年，始终人来人往，久未衰败。胡荣命笑傲吴城商场的秘诀便是一个"诚"字。

　　提起胡荣命，镇上的人无人不知、无人不敬。他是徽州黟县西川人，待人接物处处体现着徽商的优良品质。他乐善好施，穷人来借钱，有求必应；他以义为利，镇上修桥铺路，捐资为助；他重情重义，亲戚朋友遇到困难，慷慨解囊。他经营自家商铺更是诚信为本、货真价实，将徽商诚信经营的优良传统发挥到了极致。群众的眼睛是雪亮的，胡荣命所做的一切都看在吴城百姓的眼里，记在他们心上，对胡荣命卖的商品自然是一百个放心，而且不止放心，是相当放心和满意，所以，吴城人给胡荣命的店赠送了一块牌匾——黟诚堂。久而久之，这"黟诚堂"便成了胡荣命的店名。从此，吴城人心中有了一条不变的定律：只要是在"黟诚堂"买的东西，就都是物美价廉的好东西。胡荣命用自己的诚心换来了顾客的信任，"黟诚堂"的生意愈加红火，最后名重吴城，成了远近闻名的名牌商铺。

　　时光飞逝，胡荣命在吴城做生意已经50多年了。他由一个干劲十足、充满活力的年轻小伙儿，变成了步履蹒跚的和蔼老头儿。这天饭后，他像往常一样漫步于街巷，看到脚下铺了一层金灿灿的落叶，思乡之情油然而生，于是就动了落叶归根之念。想到自己齿发渐衰，没有精力再支撑"黟诚堂"的运营，而孩子们有的在京城为官，有的在外地经商，也不可能回来继承这间店铺，胡荣命便打定了回徽州黟县老家的主意。

　　胡荣命要歇业归乡的消息不胫而走。当地一商人得知后暗自欢喜，他立马托人联系到胡荣命，表示愿意以重金买下店铺，继续经营"黟诚堂"。那商人胸有成竹，在家静待好消息传来，可回来的人却告诉他，胡荣命毫不犹豫地拒绝了。商人怎么都想不明白，自己出的价钱无可挑剔，对胡荣命来说绝对是一本万利，没有理由不同意啊。商人仍不甘心，托了胡荣命的亲戚做说客，跟自己一起登门拜访。

　　那商人满脸堆笑："胡老爷，请您把这店铺和店名卖给我，我可以继续经营发财，您也能拿着这些钱回去养老，安享晚年。这可是笔只赚不赔的买卖，您就都卖给我吧！"胡荣命的亲戚也在一旁帮腔："这无本生利的事儿，何乐而不为？"胡荣命环顾了一下自己的店铺，淡淡地说道："你若真想买，我的货架、柜台、账房等设备都可以按质论价卖给你，也无须你出那么高的价钱，但我这店名——牌匾'鬻诚堂'是断然不会卖给你的！"

那商人一听，急得满脸通红，心想：要的就是你的店名，你不卖，我买那些货架还有什么用。他竭力劝说："您这偌大的货架、柜台都愿卖给我，为何一块小小的牌匾却不行？何况，您这就回去养老了，这牌匾对您也着实没了什么用处啊！"

胡荣命听了，紧紧地盯着那商人说："你别急，这牌匾对我有没有用且不说，但我知道你肯定觉得这牌匾对你可是大有用处，是不是？"商人一听这话，连忙低下头，不敢再与胡荣命对视，"这你可就想错喽，不是我不卖给你，而是你出高价将这牌匾买回去，才是着实没什么用处！"商人有点发愣，用疑惑的眼神望着胡荣命。

胡荣命继而说道："你若能以诚待人、货真价实，不需要我这'鬻诚堂'，自己就可创造出一块金字招牌，买它何用呢？你若不能诚信经营，即便买了我这牌匾回去，也只能是一时的投机取巧，收获点微小的利益。久而久之，大家都会发现你有所欺诈，纵然门上挂着'鬻诚堂'，

江西永修县吴城镇

也换不回顾客的心了，买回去确是无济于事，反倒连累我葬送了这辛苦大半生创下的招牌。卖给你，对我自己、对我们镇上的百姓都是不负责任呀！"那商人听得哑口无言，看他无语。

胡荣命又感叹地说："何况这'黟诚堂'是我五十多年来诚信待人、童叟无欺的见证啊，凝聚着我大半生的心血和吴城百姓对我的认可。这无价之宝，是你多少钱都换不回来的！我虽年老歇业，对它却依然珍视，怎么能说于我无用？对经商之人来说，有口皆碑的商业信誉永远都是最宝贵的财富！"

听了胡荣命的一番话，那商人尴尬地离去了。

黟县胡荣命的老家，擦得锃亮的"黟诚堂"牌匾正高高挂起……

（孟颖佼）

为修大殿巧设局，徽州盐商上了钩

南屏晚钟，随风飘送，悠扬的钟声在暮色苍茫的西湖上空回荡，荡起人们无限遐思。钟声响处，便是南屏山慧日峰下的净慈寺，杭州西湖历史上的四大古刹之一。千百年来，净慈寺屡毁屡建，大清初年，政府忙于统一全国，无暇顾及其他，净慈寺的修缮便一直由寺僧靠募化自理。

这一年的年关，杭州西湖边因燃放烟花不慎，净慈寺大殿遭遇了一场火灾，一时间大殿燃起了熊熊烈火，寺庙里的住持、僧人全部出动，纷纷用扫帚扑打，用桶盆泼水，却没有将火扑灭，眼睁睁地看着寺庙的大殿毁于一旦，变成了一堆废墟。没有了大殿，这寺何以成寺？住持看着眼前的这片灰烬，忧心如焚，心想，要想再把这废墟变回金碧辉煌的殿宇，自然所费不赀，可不是多次化缘就能解决的，必须筹措一大笔钱。于是，住持一边分派众僧四处化缘募资，一边费尽心机地想办法筹到更多的钱。

这一日，住持又在院子里踱来踱去，眉头紧皱思索着筹钱的办法，可是时光一天一天地过去，办法在何处？问题仍然没有解决，愁得住持整个人都消瘦了。踌躇之际，忽然看到不远处几个扫地的小和尚凑在一起谈论着什么，住持正准备近前教训他们，却听到他们正在讲什

寺庙

么"商人"、"有钱"。一听"钱"这个字，住持立马来了精神。他使劲咳嗽了一声，那几个聊天的小和尚吓得一哆嗦，转过身，看到站在身后的住持，纷纷低下了头。

住持神情严肃地问："你们刚才在谈论什么？"小和尚们听住持这么一问，心想，肯定是怪他们只拉呱、不干活，所以，个个噤若寒蝉，不敢搭腔。

住持急得又问了一遍："快说！说出来便不责罚你们！"

小和尚们一看住持一副认真的样子，便也缓了口气，七嘴八舌地说起了自己在化缘时听到的周围人的议论，住持一声不吭地听他们说完。原来，这几日，街上的百姓都在关注一个叫王元宝的人，此人是个徽州大盐商，在扬州经营盐业多年，家财万贯，可谓富甲一方，名噪两淮。

住持听到这一传闻便上了心，自己对这王元宝也曾有所耳闻，现

徽商故事（清代）

在修缮寺庙亟须用很多钱,凭王元宝的财力倒是小菜一碟,何不请王元宝捐资修寺。但是,问题又来了,这净慈寺既不在王元宝的寄居之地,又非他的故园老家,毫无瓜葛的一座寺怎么能吸引到这个富商的青睐呢?

可是,在这缺钱的当口,即便没有联系也得让它产生联系,住持左思右想,灵机一动,顿时有了主意。

他决心在这一年的清明来到之前,把修大殿的钱款搞定。住持用最近两个月和尚们化缘来的钱聘请了一位技术娴熟的画工,虽说这点钱连大殿的一角也修不了,但请个画工还是绰绰有余。他命画工快马加鞭地赶到扬州,暗中跟随王元宝,仔细地观察他的眉眼脸面和身段模样,并用纸将王元宝像描摹下来;然后根据送回来的画像,又请泥塑工日夜不休地打造了一尊罗汉像;最后,再把这尊跟王元宝长得一模一样的罗汉安放在毁弃大殿的一个角落里。一切似乎准备就绪,就等王元宝入瓮了,好戏就要开场了。

有人不禁会问:王元宝远在扬州,怎么会来杭州呢?可是住持看起来却是信心满怀的样子。说来也不奇怪,原来这徽州商人都有个习俗,就是在外面发了财,总要衣锦还乡。一是认祖归宗,拜祭祖先;二是恩泽桑梓,大做善事。王元宝发了大财后,每三年都要回老家徽州一趟。而他每次回去总乐意取道杭州,顺便会晤同乡商人和生意伙伴,再看看西湖美景、散散心,稍作休息后,乘船经新安江返回徽州。这不,今年又到了回老家的日子,扬州那边已经开始张罗启程了。

没过几天,王元宝便来到杭州。清明之际的江南,可谓春光明媚,到处莺歌燕舞、青山绿水。王元宝正兴致盎然地观赏着西湖美景,不知不觉间就走到了净慈寺附近。这时,净慈寺住持领着全寺五百个和尚正慢慢向他逼近,他们身着袈裟,手捧香花,好不郑重,就这样恭恭敬敬地来到了王元宝眼前。

王元宝回过神来，才看清这架势是来迎接自己的。他一头雾水地问："各位高僧，鄙人何德何能，让诸位如此礼遇？"看着他吃惊的模样，住持双手合十镇定地回答："居士有所不知，贫僧昨夜梦见了伽蓝神，告知今日将有罗汉以肉身返寺，我们不敢怠慢，故率全寺僧众前来迎接！"王元宝一听，暗自好笑，难道自己真的是西方世界的罗汉转世吗？他虽满腹疑惑，却顿生欣喜之情。

罗汉图

住持看他怀疑的神情，便一本正经地说："请随贫僧来！"

于是，一大群僧人簇拥着王元宝浩浩荡荡地往净慈寺走去。一进寺庙，果然，一尊罗汉伫立在大殿废墟之上。王元宝走上前去，仔细端详：咦，这眉眼口鼻和身形简直跟自己一模一样啊！王元宝惊叹之余，瞬间觉得自己高大了许多，嘴角稍稍往上扬。

一旁的住持眼看王元宝就要上钩了，便又给他来了一服强心剂，使出了杀手锏：他将佛法故事添油加醋地渲染了一番，凭着自己的三寸不烂之舌将王元宝生意上的顺风顺水说成是与生俱来、佛法庇佑，又夸赞王元宝的五官相貌乃世间难得之大慈大悲的贵相。直说得王元宝飘飘然了。

徽商故事（清代）

　　王元宝正自我陶醉，恍然发现周围竟然是一片废墟，便忙不迭地向住持询问是怎么回事？住持伤心地回答："前段时间，大殿内突遭一场大火，将一切化为灰烬，唯有这尊罗汉完好无损！"王元宝听了，心想，自己的法相怎么能跟这废墟在一起！想到自己和眼前这个净慈寺的不解之缘，便说："这，你们要告诉我呀，我也要发愿普度天下众生啊！重修大殿大约需要多少银两，你们估摸一下尽快告诉我。"

　　当天，住持在后院设斋饭宴请了王元宝，席间，住持说出了修大殿所需的款项。王元宝当即爽快地答应要捐资修寺，大殿的修缮就这样有了着落。不久，净慈寺住持收到了盐商王元宝的巨资。次年，净慈寺大殿修缮完毕，看着殿内金碧辉煌的一切，住持心里乐开了花儿，但他似乎忘了一句话——出家人不打诳语。

（董家魁）

菽星无光，商人得财

江永，字慎修，又字慎斋，古徽州婺源县江湾人。他是清朝百科全书式的人物，毫不夸张地说，他上知天文、下知地理，古今中外、无所不通。平日开馆讲学，桃李满天下，戴震、程瑶田、金榜这些文化名人都是他的学生。他闲来著书立说，硕果累累，据不完全统计，有著作三十九种二百六十余卷，且种种有新意，卷卷是精华。尤为值得一提的是，他借鉴西方科学知识，对天文、历法多有研究，还曾就有关问题与清代著名天文、数学家，人称"历算第

江永画像

一名家"的梅文鼎展开过论战，更有天文、历法代表作《翼梅》行世。

有一年，正值元宵佳节之夜，家家户户张灯结彩，其乐融融，一个衣着华贵的人叩响了江永家的大门，在他身后还停着一辆马车，里面装了满满的一车东西。江永将客人迎进家门，刚要问明来由，那来人便自报家门："我在婺源县城经商，此次前来，是特地来感谢先生的，您

的一句话让我做成了一笔大买卖，此次进账颇丰，饮水思源啊，我不能忘记您的恩德。"继而，那人指着后面的马车道："所以我备了一些礼物，特来道谢！"说完便低头作揖。

那商人言语之间有掩饰不住的兴奋，但却是十分诚恳，恭恭敬敬的。可是，江永听了这一席话，却懵了，真正是丈二和尚摸不着头脑。心想，自己潜心学问，何曾过问过生意场上的事情，何况此人相貌，自己在脑海中过了一遍又一遍，仍旧没有筛选出与他相关的任何信息，天上还真有掉馅饼的事儿？这年头有人自动送钱上门，而且是这么多钱！来人看江永不明就里、满脸狐疑，便面带笑容，神秘地说："难怪先生不知道，事情是这样的！"

虽然是博学多闻的大师，但江永平日里仍是个平易近人的和蔼老头，没事的时候也喜欢出来散散步、看看风景。这夜，月朗星疏，江永又出来闲逛，夏夜的微风凉凉的，吹得人舒服极了。但此时江永却不舒服了，一阵腹痛突然袭来，幸好路边不远处有间茅厕，他赶紧跑了进去。蹲着无聊，江永一边大解，一边抬头望着幽蓝幽蓝的天空，观察着天上的星星。无意间，他看到菽星晦暗无光，菽，是豆类的总称，菽星就是传说中掌管豆类生产的星神。江永长叹一声，无奈地摇摇头，自言自语道："菽星无光啊，今年天气不好，恐怕豆子要歉收了。真是天有不测风云，去年豆子收成那么好，每家每户都有所剩余，还愁着卖不出去呢。我得告诉乡亲们，让他们留着今年备用，可别全部都卖出去！"就在江永说这话的当口，一个粮食商人连夜赶路，经过这里，江永的话就这样飘进了他的耳朵，也飘到了他的心里。作为一名粮商，自然不会把这类信息当作耳边风，他寻思着："莫不是酒鬼喝多了在此胡言乱语，要不怎会知道这天上的事呢？"本着干一行爱一行的敬业精神，他准备一探究竟。他悄悄地探身望去，结果大吃一惊，厕所里讲话的正是坊间传闻的那位通晓天文历法、精于占卜之术、擅长奇门遁甲的活神仙——江永先生！如此神人，谁人不知，谁人不晓，要让他从风云雨雪的变化中，预测农家年成收入的好坏，那简直是小事一桩。商人暗自窃喜："这是要发大财喽！"然后，不声不响地离开了江湾，回到了婺源县城。为了防止夜长梦多，次日，商人立即展开了行动，在这一讯息还没有传播开来之前，他四处收购豆子，大量囤货。一番折腾以后，商人志得意满，静静等待发财时机的到来。

大豆

果然，是年大旱，田地龟裂，豆子不是颗粒无收，就是只有空瘪的豆荚。到了冬季，市场上货源短缺，豆价自然持续走高，竟涨到原来三倍还要多。商人大喜，趁机高价抛出，最终把自己砸在了钱堆里。在钱堆里乐呵呵地同时，他不得不感慨江永先生预言的准确，于是便成就了这趟登门道谢之行。

谜底终于揭开了。商人略带自豪地讲完了自己这笔买卖的前后经过，江永不禁唏嘘不已，自己如厕时的一句自言自语，着实帮了眼前这位未曾谋面、未曾交谈过的商人赚了一大笔钱。然而，几家欢乐几家愁，这边盆满钵满笑呵呵，那边饥肠辘辘惨淡淡，哎！想到这里，江永怎么也高兴不起来，但也不得不感叹商人心思之精、动作之快、出手之狠。于是，江永赞叹地说道："您真不愧是一位精算的商家！盛情难却，这些礼物和钱财我权且收下，就当是我学生的学费吧！"就这样，江永收下了谢礼，不久即对学生们宣布："因今年收成不好，各家生计艰辛，故免收学费！"

自此之后，江永再也不敢妄言天象了，即使闲聊，他也是谨言慎行。俗话说"隔墙有耳"，徽商的精明灵活真是无处不在！我们不得不说，善于把握商机，审时度势，出奇制胜，正是徽商的成功之道啊！

（孟颖佼）

婺源江湾江永纪念馆

盐商吴幼符的临终遗愿

　　清代歙县长林桥人吴幼符,字自充,是一位盐商,自幼随父在扬州经营盐业生意,家业兴旺发达。吴幼符头脑灵活,善于经营,生意做得如火如荼,很会赚钱。能赚钱的吴幼符也很能花钱,不过,与那些生活奢侈、不学无术的富裕商人们不同,吴幼符的钱不是花在吃喝嫖赌上,而是用来帮助别人。他的本族一个兄长,人到中年尚膝下无子,为了让其传宗接代,吴幼符出钱为其迎娶小妾;他的好朋友孤身在他乡奋斗,生活落魄,又是吴幼符出钱为其寻了一门亲事;他出门做生意,归来途中,看到结冰的河上有一具尸体,吴幼符便出钱让人把尸首掩埋。总之,他帮族人、帮朋友,甚至是帮陌生人,为人慷慨,交游广阔,只要有人借钱,定是有求必应,久而久之,吴幼符家中便积攒下一堆借条。

　　这一年,他三十三岁,正值壮年,本是人生如日中天之时,却患了不治之症。重病弥留之际,他回顾人生历程,自己的一生都奉行着行善事、说好话、做好人的信条。虽然由于多所借贷,家中余财所剩无几,家人也会有怨言,但不管别人怎么议论,他仍然坚持自己的做人原则,平生也算可以满足了,只可惜生命太过短暂,还有些事情没有完成……想到这里,吴幼符便将妻儿唤来,说出了自己的临终遗愿:"我们这个家族一直以来都在不断迁徙,吴氏子孙分散在各处,繁衍生息,却没有家谱，长幼尊卑无所依据，我从十四岁那年就开始四处寻访了，经过多番考证，过了这十多年才终于修成了现今这部家谱，可惜我即将离世，家谱却未能刊刻。我这一辈子都注重宗族事务，祖庙的祭祀从未懈怠，可惜家谱这件大事却无法完成，你们几个孩子将来一定要替我了却这桩心愿，宗族是人之根本，不能忘啊！否则我会死不瞑目的！"

《吴氏家谱》书影

听到父亲的遗愿，几个孩子痛哭流涕，想起当初家谱刚修成之时，父亲将其放在几案上，日日翻看，平日有什么不开心或别人惹他生气，只要看看那部家谱，父亲便又会高兴起来。想到这里，几个孩子连连点头，异口同声地说："请父亲放心！"。

吴幼符欣慰地笑了，继而命人将收藏借条的盒子拿来，指着那些借据对妻子和孩子们说："我留给你们的财物已经足够，就不要再讨债于人了。当初借钱给他们的时候，就没有惦记着再让他们还回来，我心里已经当是把这些钱送给他们了。所以，今日就将这些借条统统烧掉吧！"吴幼符此话一出，家人心里面都在嘀咕，但毕竟他即将离世，也只能无奈地接受这将死之人的最后要求，将自家所收他人的借条，统统烧毁，不再追究。说完这两个愿望，吴幼符便撒手西归了。

时过境迁，数年过去了，曾经慷慨仗义、英年早逝的吴幼符已在人们心中渐渐淡化。这一日，吴家来了一位客人，这位客人满怀诚意，说是登门酬谢，随行还带了不少钱财和礼物。吴家人都不明就里，正在奇怪，来客便把事情的本末一一道来。原来，吴幼符在世时，曾在湖南、湖北一带，救下一位与父母失散、被坏人拐卖的同姓女子，他用重金将女子赎回，为其准备了丰厚的嫁妆，并为她找了一位勤劳正直的夫婿，自此，这女子才脱离苦海，过上了好日子。吴幼符从未对家人说过此事，女子却始终不能忘却吴幼符的救命之恩，一直以来都因未能感谢吴幼符而心中有愧。近些年，她家业日起，便急急地派了人来，转达她真诚的谢意。可惜，此时已是天人永隔了。

想必，即使吴幼符在世，对多年之前做的这件好事也未必能全然记起，但对女子而言，却是一生命运的转折。吴幼符家人得知了此事，又回想起他乐于助人却从不张扬的一生，想起他临终时还在坚持做好事，终于能够理解吴幼符的所作所为。家人感慨、钦佩吴幼符德行之高尚，引以为骄傲，便请人为其立传，让他的善行永留世间！

吴幼符的一生乃是明清徽商敬宗睦族、乐善好施的真实写照！

（孟颖佼）

烟草商舒遵刚的生财秘诀

谁说为富不仁？谁说无商不奸？清代道光年间的黟县，就有这样一位"财"与"德"兼备、仁心济世、诚信经营的商人——舒遵刚。

舒遵刚的发家史，如同许多白手起家、终获成功的徽商故事一样，是一部艰苦奋斗、自强不息的励志传奇。舒遵刚，字济柔，号遂斋，徽州黟县屏山人。十四岁那年，他奉父命前往江西鄱阳，拜师为徒，学习经商。人生的新篇章刚刚展开，然而，时日不长，某日，在乡间采买烟草的父亲，突然旧疾复发，一病不起。舒遵刚得到消息以后，便急忙前往侍奉，多日悉心服侍，多方请医问药，却最终没能保住父亲的性命。突来的变故、肩上的责任使得舒遵刚不得不脱离原本在长辈的引导下慢慢学习、成长的人生轨道，他必须迅速坚强起来、强大起来。年少的他妥善料理完父亲的后事，没有唉声叹气，没有怨天尤人，毅然承担起养家的重担，接过家里的生意，摸索着前进。他少时即好读书，再加上勤奋好学、头脑灵活，又善于精打细算、权衡利弊，生意越做越大，不到三十岁便发家致富，成了远近闻名的富商。

生意做好了，钱赚多了，名声自然就打响了。于是，取经者纷至沓来，拜访者络绎不绝，大家都想探知舒遵刚的成功秘诀和独到的生意经。当时，经商创业之人或许不少，但能成就一番事业之人的确不多。

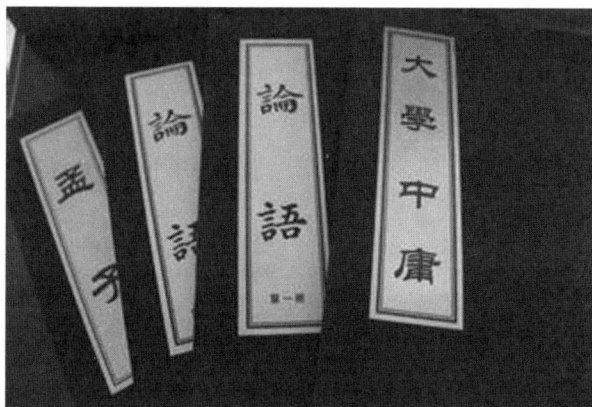

四书书影

到底是什么原因能够让一位如此年轻的商人，在势单力孤的形势下，发家致富呢？

　　每当有人拜访，舒遵刚都会热诚款待，一一奉茶。来访者总会迫不及待，直奔主题，向其请教经商之道、生财之诀。舒遵刚为人诚恳，自然乐于分享，他总是说："生财之道有二。其一，读书。年幼时我曾读四子书，经商以后，虽然忙碌起来，但只要稍微有空我也定会翻看四书、五经，每晚读书至凌晨才会睡觉。书本中蕴藏的智慧是能够让我们受用终生的！"说到这里，来访者大都点头称是。"其二，乃是以义为利，不以利为利，这正是先圣所说的生财之大道。"此话一出，全场哗然，有人就问："我们经商之人，不以利为利，岂能牟利？"舒遵刚耐心地解释："钱财，就如同那汩汩流淌的泉水，有源头才能有不断的水流，财富的多少关键在于生财有道，那些狡猾之徒通过诈骗来谋取钱财，实际上是自断财源，而极端吝啬不愿散财与奢靡享乐滥用钱财，同样都是一种罪过，也是在自断钱财之源。以义为利、因义用财才是扩充财源的生财之道！"说到这里，大家都窃窃私语，"因义用财"即是这位成功商人的秘诀！许多人不愿相信，认为是舒遵刚有意隐瞒，搪塞众人。其实，舒遵刚确是真心实意与众人分享他驰骋商场的不败秘诀，因为他不仅是这样说的,也的确是这样做的。可惜他将自己的成功秘诀倾囊相授,却有很多人不能理解。他的生平也正是"不断学习,因义用财"的写照。

舒遵刚一生仗义疏财之事举不胜举。母亲六十大寿那年,为给老母积福,又可怜那些严冬天气无衣御寒的贫苦百姓,于是发放棉衣二百多套。清道光十一年(1831),当地发大水,瘟疫横行,舒遵刚又日施稀粥,暮给钱文,疾者赠以药,死者予以棺。文公书院年久失修,也是由舒遵刚捐资修葺。当地人对舒遵刚的善行都啧啧称赞,对他出售的商品也是绝对信得过。诚信经营,口碑良好,人们自然愿意跟他做买卖,财源自然也会滚滚而来!

勤俭好学、捐资倡学、赈灾济民,舒遵刚一生都在践行着"以义为利"的信条,最终多人为他作传,名留史册。不仅是舒遵刚,徽州的众多商人都是仁义传家,信奉"以义为利",仁心济世、虽富犹朴正是徽商的精神写照。

（孟颖佼）

修桥补路耗家财,官商联姻有靠山

位于安徽歙县西门外的太平桥,又叫河西桥。在这座古老的联拱石桥的修复历史中,有一个名字不能被抹去,那就是胡元熙。胡元熙历任湖州、嘉兴、抚州等地知府,是个乐善好施的清官。也许他本人并不被人熟知,但与他密切相关的另外两人却"大有来头"。其父乃是相传拥有"三十六典、七条半街"、号称江南六大富豪之一的徽商胡学梓(胡贯三)。他的老丈人

曹文埴塑像

则是历事乾隆、嘉庆、道光三朝的宰相曹振镛。时至今日,因胡元熙而连接起来的这两个家族的故事,仍在导游对徽州西递村的景点解说中一遍遍地上演着。

胡、曹两家的交好大概是从曹振镛的父亲曹文埴开始的,曹文埴是歙县雄村人,曾任乾隆朝户部尚书。据传,曹文埴乃雄村名士,因家道中落,困守穷庐,后因缘际会认识了胡贯三并获其资助白银千两。

曹文埴以此进京赴试，最终一举得第。曹文埴对胡贯三感恩戴德，为官时曾多次到西递，临终还不忘嘱其子振镛厚报胡氏。此说颇具传奇色彩，但似与史实相悖。曹文埴出身盐商世家，锦衣玉食，不太可能需要接受胡贯三的资助。但是，二人生活在同一时代，又都是徽州大地走出的游子，虽一商一仕，但作为同乡，互以相知交好，当属人之常情。不管如何，两人非比寻常的关系是大家公认的，这也正为其后两家联姻奠定了基础。

这一年，歙县发大水，冲垮了太白楼下的河西桥，断了婺源、祁门、休宁、黟县进入府城的交通要道。管理当地公共事务的父老合议，若想尽快把桥修好，必须发动商人的力量，而他们第一个想到的便是那商铺遍及长江中下游各地又乐善好施的巨富胡贯三。于是，他们设宴备酒，邀请乡里的商人富户赴宴，名为共聚议事，实为谋筹资金，胡贯三更是这一饭局的关键人物。事有不巧，酒宴那日，胡贯三有事脱不开身，便只得令幼子胡元熙代为出席，这既为应急之举，又可借此机会让儿子多加历练。胡贯三嘱附了儿子一番，便让他出门赴宴去了。

胡元熙一出现，乡里父老们心里顿时凉了一大截。他们好一番费心谋划，本来胸有成竹，认定此宴能将修桥之事敲定，可没想到，关键人物没来，来的却是一个乳臭未干的小子。他们认为胡元熙连修桥的重要性肯定都不知道，更不用提做主捐款了！即便心中快快，却也不敢对胡元熙有所怠慢，主事之人连忙招呼他坐下，酒宴就这样开始了。酒过三巡，主事之人便开始为修桥之事募集捐款。胡元熙虽然年少，但自幼所见所及皆是父辈兄长乐善好施之举，所闻所听皆是崇文尚义之训，了解了河西桥毁坏的惨况以及给众乡人出行带来的诸多不便，年轻气盛的胡元熙再也按捺不住心中的仗义豪爽，当即表示："修桥一应银两，独家承担！"此语一出，满座哗然。主事之人先是吃惊，他们未料到胡家一稚子也能有这番博施济众之心、仗义疏财之举，可不管怎样，修桥之事总算有了着落，继而暗自开心起来；在座其他商人，有的感慨胡家一掷千金的财力和慷慨解囊的义举，也有的在心里取笑胡元熙不知天高地厚，修一座桥岂是几两银子就能解决的；还有一些人心中渐生不快，他们之中不乏富商巨贾，深知修桥补路这种义举虽然须得花费些银两，却能在当地博得权威与名望，故而，这些财力不错的人本想在这次捐资中拔得头筹，以提升自己的威望，怎奈胡元熙一句"独家承担"瞬间剥夺了他们表现的机会，他们怎会甘心，怎能不妒忌？后面的觥筹交错间，主事之人对胡元熙恭恭敬敬，极尽夸奖赞美之词，什么年少慷慨、长江后浪推前浪等等，言语之间难免有抬高胡家、贬低他人之嫌。多心之人听到这样的话，本已不快的心情变得更加气恼，看似皆大欢喜的热闹酒宴上，嫉恨的种子正在慢慢滋生。

　　胡元熙志得意满，回家后将席间种种禀告给父亲。胡贯三听后，陷入了沉思。修桥铺路此等义举是胡家一贯奉行的，本就当仁不让，这并无大碍。只是久经世故的胡贯三想得更加周全：胡家并不缺钱，但修桥之事却不是只有钱就万事俱备了，何况听幼子对这次酒宴情况的述说，定会有人因胡家独占风头而心生嫉恨，难免将来有人借机使乱。为保修桥之事万无一失，他当机立断，即刻派人连夜飞骑返歙，将太白楼旁的山岩重金买下。紧接着，又派人将歙县附近的工匠全部重金雇佣下来。如此一番，胡家修复河西桥之事便有了最基本的保障。最终，胡家独力修复河西十六孔桥，耗银近十万两，为

曹振镛塑像

此关闭了十二家当铺与钱庄，声名大振。

此事传到曹振镛那里，他大为震动。两家本已交好，胡家曾多次表示有联姻之意，但因诸多考虑，曹振镛并未一口应允。此事一出，胡家的财力和在当地的威望皆是毋庸置疑，其惠济相邻之心更是令人感叹，于是，曹振镛应允了两家儿女的婚事。而胡家虽然成功修复了河西桥，但资财折损甚大，且因风头过甚，招致了许多嫌怨，正急于寻找政治庇佑。这样，胡曹两家的婚事便顺理成章地定了下来。

据传，为了迎接这位宰相亲家，胡贯三造了一座长十米的阁楼式长廊，分上下两层，粉墙墨瓦，飞檐翘角，这便是至今仍然矗立在西递村头的走马楼。

虽然这些被广为传诵的胡曹两家故事与历史事实略有出入，但胡贯三及其子孙热衷于修桥铺路的义行却历历在册，如他这般因热衷公益、仗义疏财而折损资产者不乏其人；胡曹两家的官商联姻也是不容争议的史实，徽商或与官员联姻，或自己捐官，或让子孙读书入仕，他们与官府之间总会有着千丝万缕的联系，而这种联系正是其经商致富之路上的一大助力。

（孟颖伎）

小瓦罐存金子,簸箕匠造石桥

歙县杨充有个远近闻名的簸箕匠郑成仙,他编织的簸箕不仅干净整齐,而且坚固耐用,价格更是公道合理,簸箕用得时间长了,郑成仙还会帮忙修补。如此物美价廉的好东西自然是大受欢迎,故而,郑家簸箕的美名越传越远,远近十里的人家用的簸箕几乎都出自他家。簸箕这种日常工具总是供不应求的,况且郑成仙的生意又绝对是红红火火,所以,郑家的收入应该不菲,虽谈不上大富大贵,但生活水平总应该可以丰衣足食了。可是,看看郑成仙的老婆跟孩子全都是一身打着补丁的衣服,再看看他家的饭菜也不过是挖来的野菜、豆叶,这就奇了怪!起先,人们也都没在意,当是他家节俭、会过日子,可年岁日长,郑成仙早已成了七十老翁,生意照样红火,可他家的生活却是几十年如一日,从不见好。爱管闲事的人都在私下里议论:就算再穷,这日积月累的,也该攒下点钱了,怎么这郑家人仍旧活得这么不堪呢?

清康熙六年(1667)的一天,郑成仙忽然把左邻右舍和村中有威望的老人都叫到了自己家里。他从平日堆放工具的地方挖出来一个瓦罐,捧着那个瓦罐,郑成仙极为珍视地摸了摸,周围的人看着这瓦罐颇有重量,都在嘀咕着里面到底藏的是啥好东西。大家纷纷转身问起郑成仙的老婆和孩子,谁知郑家娘俩也只是尴尬地摇头,完全不知道自家老头儿葫芦里卖的是什么药，就连他把一个罐子埋在家中也是毫不知情。

郑成仙看着邻居们满腹狐疑的样子，不紧不慢地当着众人的面把罐子里的东西倒了出来，瞬间，满屋子金光闪闪，从郑成仙的瓦罐里出来的是一堆金子！邻居们都惊呆了，当然最为吃惊的还是瘦得皮包骨头、穿着一身破衣烂衫的郑成仙老婆跟孩子："原来我家藏了这么多钱啊！"众人合计了一下，瓦罐里大概有碎金六十多两。看着这六十多两金子，郑成仙感慨地说："我这把老骨头，手脚早已经磨成了硬皮，腰背也已佝偻得不成样子，可早年的愿望却仍然没有实现，倘若我再不行动，估计咱村里的坤沙桥就要跟我一起完结了！"说到这，郑成仙便抬头向门外桥的方向张望，陷入了沉思。

听完了郑成仙的这席话，看着地上的金子，邻居中有个老头儿突然变得神情漠然，一脸严肃起来。原来，郑成仙年轻时，曾经冒着风雨经过坤沙前的一道山涧，那时的小桥就已经是一座危桥了，上面的木

石桥

头腐烂不堪，摇摇欲坠，郑成仙从那里走过，不小心跌倒，命悬一线，险些跌入山涧丧命，也许是运气好，他捡回一命。郑成仙小心翼翼地站起来，蹑手蹑脚地爬过小桥后感慨万千，他仰天发誓："我在有生之年，一定要努力编制簸箕，将来用卖簸箕的钱在这里修一座石桥！"不料，郑成仙的一番豪言壮语被恰巧经过的邻居听到了，他哈哈大笑："人们都说白日做梦，你这是下雨天做梦啊！"那个取笑郑成仙的邻居便是这位神情漠然的老头儿。

此时，他满脸愧疚但又充满敬意地对郑成仙说："郑老头儿，你不简单啊，果然说到做到！"的确，郑成仙作为一个小小的簸箕匠做到这样的确不简单。自那日发誓以后，郑成仙一边专心钻研编制簸箕的工艺，一边更加勤奋地编织簸箕，日复一日，他的编织技艺日益精进，生意也越来越好。他开始将卖簸箕得来的钱一点一点地换成碎金子，存放在瓦罐中，秘密地埋在地里，连对自己的家人都从未提过只言片语。罐子渐渐满了，便要再换地方，埋藏的地点不慎被别人看到，就有人趁郑成仙不在时把那满满的一罐子金子偷走，就这样，郑成仙存的罐子被偷了三次，一波三折。可每丢失一次，郑成仙的意志就更坚定，编织也更勤奋，经常没日没夜地干活。就这样忍受着贫穷和劳累，应付着妻儿的怀疑和埋怨，顶着周围人的闲言碎语，郑成仙才终于积攒下这一瓦罐金子。

郑成仙回答说："我原本想再积攒几年，但又担心哪天我突然离世，一切就都前功尽弃了。我粗略估算了一下，这些钱修一座石桥也已经足够了，请大家一起帮忙，把坤沙那座木桥变成石桥！"

众人了解情况之后，都被郑成仙的坚定信念所感动，于是，大家伙儿开始齐心协力地商讨着开工的吉日和建桥的事宜。不几天，村里人就开始忙活起来，年轻人打石、壮年人背石、石匠们砌桥，他们挥汗如雨，夜以继日，不到一个月，一座高大而坚固的石桥就完工了，走上这

徽商故事（清代）

座石桥如履平地。从此，无论什么天气，村里的乡亲和过路的商人再也不用提心吊胆地过坤沙了。石桥造好的那天，郑成仙宰猪买酒，率领村里众人祭祀，祈求神灵保佑。那天，远近来观看祭祀仪式的人不计其数，大家对郑成仙的所作所为都交相称赞，唏嘘不已，而此时的郑成仙却神态自若，与平日认真编织簸箕时丝毫没有差异！

郑成仙用一个小小簸箕匠的毕生精力和财力将坤沙之桥易木以石，实现了自己的夙愿，造福了当地的百姓。从此，坤沙那座桥便被称为"簸箕桥"。

（孟颖佼）

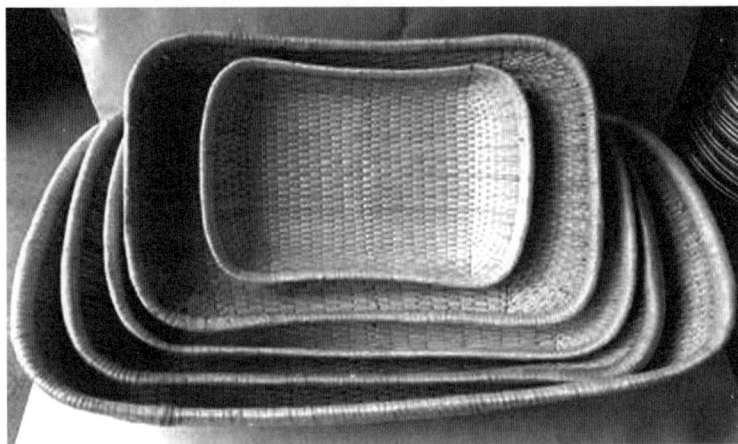

簸箕

为履婚约,白头花烛

任何事物都不是绝对的,所谓"无商不奸"、"商人重利轻别离"往往都是对商人的误读。清代乾隆年间,就有这样一位将重情重义诠释到极致的商人子弟,这是一段带着辛酸与泪水的故事。

程允元,字孝思,歙县岑山渡人。其父程勋著在扬州做盐业生意,可谓兴旺发达,故而,程允元自幼成长于富商之家,衣食无缺,令人艳羡。康熙年间,程勋著因打点生意上的事,来到了京城,在旅店里邂逅了北平平谷人刘登庸,此时的刘登庸还是待候补的选录。缘分有时真是上天注定,本不相识的二人却一见如故,越聊越投缘,最终,他们将彼此的深情厚谊归结成一段姻缘,决定结为儿女亲家。于是,尚在襁褓中的程允元和刘家女儿刘秀石的终身大事,就这样在两位父亲的欢声笑语中定了下来。然而,相聚的时间总是短暂的。程勋著事情办完便要启程归家,临行前交给刘登庸一双玉环作聘礼,刘氏则以一纸婚书为承诺,二人相约等儿女成人便成亲。两人依依话别,自此分开,谁料想,这一分竟是永别。

人都说"三十年河东,三十年河西",程勋著自归家以后,生意日渐衰败,他殚思竭虑,仍未能挽回颓势,自己却因劳累过度,一病不起,驾鹤西去了,程家自此家道中落。而刘登庸不久被任命为蒲州知州,举家迁往那里。刘登庸虽年六十无子，家中唯有老妻弱女和几个仆人，但女儿刘秀石生得端庄、聪慧，承欢膝下，一家人也是和和睦睦、其乐融融。可命运似乎是在捉弄这两家人，好景不长，先是刘妻生病去世，刘登庸唏嘘感伤，也生了一场大病，相继去世了。他临终前将一双玉环交给女儿，嘱咐道："淮南程允元，是你的夫婿，父母之命、媒妁之言，你要切记！"父母去世后，刘秀石扶柩归葬，回到平谷，自此与程家音信断绝。

此时，程允元正在服丧期间，遥闻未曾拜见的岳父大人刘登庸去世，悲痛惋惜，带着四处借来的盘缠，千里迢迢来到平谷。根据父亲在世时告诉他的一点线索，四处寻访刘秀石，却是音信全无。好不容易找到了已经残破不堪的刘家旧居，四周乡邻却是有的摇头不知，有的说刘秀石已死，没有半点可靠的信息。不久，程允元的盘缠便用完了，旅店老板天天催着交店钱，拖了几日后，便把程允元赶了出去。程允元穷途潦倒，无家可归。幸遇侠义之士相助，给了程允元回家的盘缠，

尼姑庵

而他虽然仍惦记着刘秀石的下落，却也无奈，只得就此南归。

再说刘秀石将父母归葬老家后，举目四顾，孤苦无依。父亲刘登庸为官清廉，死后没有留下半点积蓄。刘秀石只得到晋门投靠在接引庵出家为尼的姑母，以针线活度日。然而，与程家始终没能联系上，托人打听到消息，说是程家已家道中落，程允元可能早已死去。为此，姑母曾劝说她出嫁，但她相信程生未死，称罗敷（古代美女名，代指美女）有夫，坚决不肯再嫁。其后，姑母又劝其剃度为尼，刘秀石也断然拒绝："身体发肤受之父母，我怎能随意毁伤？况且，父亲临终之前还在谆谆告诫我，要我记得与程生的这门亲事，我又怎能忍心违背他老人家的遗愿！现在，我只求销声匿迹，杜悠悠之口，以待程生！"于是，她深藏在寺院之中，与她相伴的便是一日复一日的祈祷，先是期盼"程生能够前来迎娶她"，渐渐地，变成了"见程生一面，死而无憾"。然而，她的祈祷从未如愿，时间就这样一年一年地过去了，依旧没有程允元的任何消息，于是，十年、二十年、三十年，刘秀石依旧守着那双定亲的玉环，但她早已不再祈祷，她相信了那条程生已死的消息。

而程允元自落魄归家之后，生计日益艰辛，周围邻里都劝他："何不另娶他人，何苦难为自己！"每当这时，程允元总会严肃地说："刘女生死未卜，假若她仍然在世，坚守婚约，我另娶了，岂不有负于她！《诗》曰，'不思旧姻，求耳新特'，我绝不能这么做！"于是，程允元也坚守着那份年幼时就定下的婚约，一直坚守了三十年。

乾隆四十二年（1777）四月，一艘漕船停在了天津，程允元在这艘漕船上作教谕已经有些时日。这段时间他跟随漕船南北往来，只要有空余时间就去寻找刘秀石的坟墓，在他认为，刘秀石是的确已经死去了，可为什么连坟墓也终究没有任何讯息呢？启程的时间马上到了，程允元只得准备再次无功而返。

天有不测风云，本来连着几日都是好天气，可偏偏准备启程时，风向却越来越不顺。于是,回程的日期便延后了。这日,程允元与船上的粮长杨锦文来到岸边茶肆喝茶,无意中,听到旁边有人说:某个尼姑庵中,有个女子为了坚守婚约,五十多了还未出嫁。程允元听后,心中一动,急忙向前询问那说话人详情,那人也不甚清楚,说是从城里一乞丐处听来。程允元二人便央求那茶客带他们去找到了乞丐,原来这乞丐原是刘家的一位老仆人,唯有他晓得刘秀石的去处,他经常在饿得不行时才到庵堂等刘秀石接济他。

终于寻到了可靠的线索,程允元激动得热泪盈眶,说不出话来,杨粮长当下便决定让那老仆人带他们去见刘秀石,老仆人也是老泪纵横,连连点头。

寺院里草木深深,斑驳的寺门旁盘踞着枯老的树根,古朴幽深,仿佛是隔绝了繁华纷扰的另一个世界。三人边走边聊,老仆人带着心疼的语调对程允元说:“她始终一个人……”程允元低头不语,感慨万千,继而抬起头神情凝重地说,“带我去见见她!”来到庵堂,三人向庵内尼姑说明来意,那尼姑也着实惊喜,揣着程允元拿出的婚书,赶忙跑去找刘秀石。三人在庵堂等了许久,前去传话的尼姑才终于回来,然而,却落寞地回说:“她不愿见面,让我转告一句话,‘桃夭梅实,所贵及时,衰年缔花烛,闻者齿冷,敬谢程君,三生缘薄,夫复何言!’”

而此时,庵内的刘秀石早已泪眼婆娑,拿着父亲曾经写下的一纸婚书,她心内五味杂陈,盼了三十年的幸福终于来到了跟前,现在的一切,曾是她梦寐以求的啊!然而,摸着自己已经布满皱纹的脸,想到这几十年的孤苦辛酸,再想想人言可畏,她嘴角轻轻颤动。于是,幸福面前她选择了退缩。

程允元闻言,痛苦不堪,急得像热锅上的蚂蚁,央求那尼姑再去回话,可终究无果。旁边的杨粮长看不下去了,他打定主意,让程允元在庵中等待,自己便急忙奔到县衙,向知县把事情的来龙去脉讲了个清清楚楚。知县听后，感叹二人对婚约的坚守，便命人将刘秀石请至衙门，反复开导，责以大义："你日思夜盼的不正是那程生么，现在程生来了，为何又不肯见、不肯嫁，你若担心无父母主婚，我一县之父母便是你父母，我为你们主婚，择吉日你们即可成婚!"刘秀石闻言，潜然泪下，终于答应了下来。

于是，拖了三十年的婚礼终于得以进行，二人满头白发，佝偻行礼。后来，当地县令感于二人的贞义之举，便上奏朝廷请求嘉奖，乾隆皇帝听闻后也为之动容，下令旌表其家为"义贞之门"，二人的事迹广为流传。

（孟颖佼）

欲报东家多年恩，将女嫁作痴儿妇

人都说"富不过三代"，可清代歙县城里的程家，世代经营药店，生意一直是红红火火，到了程谋这一代，程家的生意更是上了一层楼，好几家分店接连开张，程家自然是家财万贯、锦衣玉食。但奇怪的是，生意顺风顺水、吃穿用度不愁的程老板却总是愁眉苦脸，近几年愈发严重，整日里只听他唉声叹气，似乎有什么解不开的心结。家家有本难念的经，这程老板的心结便是他那痴傻的儿子。

原来，程老板唯有一独子，却是天生痴傻，虽说已经成年，生活却完全无法自理。程老板无奈，只得雇上两个佣人看管照料，吃饭、穿

药铺

衣、出门全都由这两人负责，假若不听话，亦可责骂、鞭打。程家儿子整日混混沌沌，一无所知，远近街坊谁人不晓，即便程家腰缠万贯，也一直没有人家愿意攀亲，谁愿把自己的女儿往火坑里送呢？眼看程老板一年年变老，偌大的家产无人承继，怎能不愁？

店里的伙计私下里都议论纷纷，叹程家家运不济。其中有个叫汪诚的人，既是程谋的伙计，又是他一家分店的小老板，颇受程谋的信任。他看到老板每日满脸愁容、摇头叹气，十分揪心，回想当初他还是个小学徒，因勤奋、聪明被老板赏识而得到重用，那一年家中母亲病重，筹不到钱，也是老板出钱垫补上的。这么多年来，他之所以能够有此安身立命之所，娶妻生子，衣食不愁，都倚赖程老板的知遇之恩、提携之情，滴水之恩当涌泉相报，想着想着，汪诚心里暗暗有了主意。

却说这汪诚生有一个女儿，自幼寡言笑，但极爱读书，《女孝经》《七戒》《小学》诸书辄诵辄通，时时记忆古今女子贤淑、节烈之事。汪诚的主意，便是将这聪明、贤惠且秀丽的好女儿嫁给程老板的傻儿子。汪诚妻子怎会同意？即便汪诚动之以情、晓之以理，甚至软硬兼施，妻

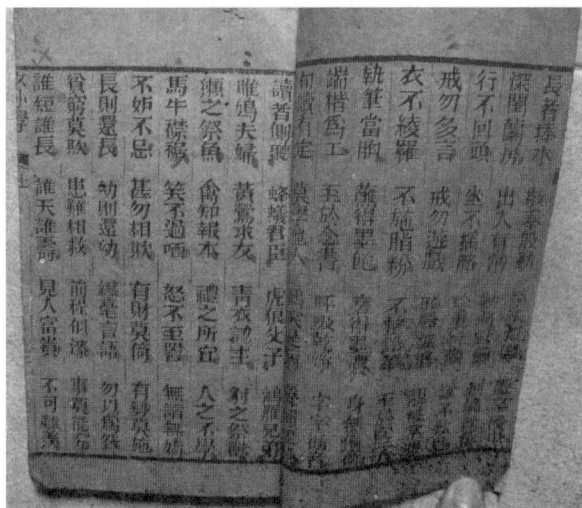

《女孝经》书影

徽商故事（清代）

子仍旧天天以泪洗面、冷眉相对，坚决不同意将自己的女儿嫁给程家的傻儿子。

事情就这样僵持了几日，这天清晨，汪家女儿去给父母请安，继而镇定地说："女儿心意已决，愿代父报恩，嫁到程家，毫无怨言！"母亲听后脸色煞白、哑口无言，直接瘫坐在地上。她实在不能理解女儿为何自愿嫁到程家，却也知道女儿的执拗，至此，这件事显然是无法挽回了。汪诚也十分震惊，他未曾料想女儿竟能理解自己的心情。事情于是就这么定了下来，汪诚立即派人去程家表明心意。

谁知，程谋听后却执意不肯，他感慨地说："吾家已遭此不幸，何以累及他人？何况是汪掌柜！"遂婉言谢绝。汪诚知道后，亲自登门拜访，主仆二人把酒言欢，畅谈往事，汪诚与老板一起回忆了过去，展望了未来，最后言辞恳切地再三请求老板答应这门亲事，以成全女儿和自己的心愿。盛情终难却，程老板流着高兴的热泪，千恩万谢地答应了汪诚。

于是，程家大张旗鼓地礼聘汪诚的女儿为自己的儿媳，婚礼筹备得很为盛大，几近完美。可就在举行交拜之礼时，程谋的儿子却蹩脚打转，跳了起来，在多人的控制下才勉强完成夫妻交拜。等到进入洞房，他看到屋里的陈设与过去大不相同，又大受惊吓，发狂似地大叫，继而疯了一般将陈设的罗帐、屏风、锦绣布幕全都扯了下来，桌上的摆设也都打碎到地上。程老先生无奈，只得命人将儿子押了出去，看守起来。汪家的女儿平静地看着这一出出闹剧，她心里很清楚，这才只是一个开始……婆婆含着泪，拉着汪家女儿的手，满怀愧疚地说："孩子，苦了你，以后可要善待自己啊！"此后，汪家的女儿便独住在这里。

婚后不久，公公婆婆便将家中财产交给儿媳妇管理，药店经营之事她也逐渐接手。由于自幼饱读诗书，再加上父亲和公公的耐心指导，她逐渐精于商道，将药店生意打理得井井有条。

过了几年，两家的长辈都年纪大了，汪诚便与程老板商量，给女儿、女婿过继个孩子，将来继承家业，也好让女儿有个指望。程老板也正有此心意，两人一拍即合，便很快从族中孙辈中挑选了一个孩子。从此，汪家女儿身兼数职，一边照顾店里生意，一边抚育幼子、提携弟兄，还要照顾年老的公婆和痴呆的丈夫。"既然选择了远方，便只顾风雨兼程！"就这样，她苦苦支撑了三十年，期间公婆、父母相继过世，弟兄、儿子逐渐长大，而且儿子还考中进士，在朝为官，自己也被封为四品诰命夫人，这才勉强算是苦尽甘来，可以安享晚年。

谁都不知道在决定嫁到程家的那个时刻，汪家女儿曾作过怎样的思想斗争，也不会有人知道这么多年的风风雨雨，她忍受了怎样的孤苦和艰辛。但可以肯定的是，她有着坚定的信仰，在她面临人生的重大抉择时，在柴米油盐的日常生活中，在那无数个辗转难眠的夜晚里，正是这来自内心的最高信仰指引着她的人生道路。榜样的力量是无穷的，她自幼熟读的《列女传》中，主人公的牺牲精神和高尚情操以及徽州注重忠孝节义的社会传统，正是这信仰的缔造者！

抛开这场婚姻和社会观念对妇女造成的摧残不说，程老板的知人善任，汪诚的知恩图报，主仆二人的情深义重以及汪家女儿的孝顺、坚强和忍辱负重的精神，无不引人深思，令人动容。

（孟颖佼）

小徽商撞了桃花运，娶了媳妇得金银

清乾隆年间，权倾朝野的和珅"和大人"想必大家都很熟悉，这位大人除了用尽各种办法敛财，还用尽各种方法挥霍自己敛来的钱财。他坚信人的一生最大的悲哀就是人走了，钱没花完。因此，他除了想出干吃珍珠粉这类作死浪费银子的方法外，就是广罗美女，招揽佳人。和珅在美女的选择标准上十分开明，只注重"眼缘"，只要自己看上了眼，不问出身，不问年龄，都立刻招至金屋后院中。

话说浙江巡抚王亶望犯了事被法办，留下了一个小妾叫吴卿莲。后来吴卿莲改嫁给了一位侍郎，没想到和珅在人群中多看了她一眼，再也没能忘掉她的容颜。于是派自己的小弟们浩浩荡荡地杀去侍郎家里，跟他谈吴卿莲的归属问题。侍郎才多大的官儿，哪敢不从，一边唯唯诺诺地将自己刚过门的姜氏献上，一边心里犯嘀咕："和中堂这个

和珅画像

大傻帽,这都三手了,他也不带嫌弃的。"

　　和中堂岂止不嫌弃,还把她当成宝贝一样养在了淑春园里。后来嘉庆皇帝给他罗列罪状的时候,说到生活作风问题,就用了"罔顾廉耻"四个字,翻译过来就是"真不要脸"。可是不得不承认,和珅作为男人在男性魅力上无人能及,各个小妾不仅相安无事,还有在他倒台后为他殉情的。然而,就是这样一位情场高手,也会被别人抢了老婆。而且对方并非什么高官显贵,只是个徽商。还不是个富甲一方的巨贾,只是个准备回乡娶老婆的个体户小老板。下面要讲的这个故事,充分说明了机会来了,真是挡也挡不住。

　　嘉庆四年(1799),休宁县有个名叫吴胜的小徽商,凭借着几年辛苦转手卖大米和茶叶积攒下来的几百两银子,准备从京师荣归故里。他换了一身崭新衣服,骑着一匹大马,意气风发地踏上了回家的路。一天,走到一个小茶馆准备歇歇脚,让店家上了二两女儿红,二两牛肉。吴胜吃着牛肉喝着酒哼着歌,心中勾画着回到家爹娘迎出门外,家里亲戚都对他竖起大拇指,村里媒人张罗着给他介绍村花的美好画面。想到成亲,吴胜掩不住嘴角的笑意,这些年在外奔忙,早就想有个

回门图

147

徽商故事（清代）

媳妇安身立命,回到家乡做些小本买卖,告别原本颠沛流离的生活。心中美好的蓝图正由平面变成立体三维时,客栈里走进来一位白衣胜雪的翩翩公子。吴胜也是个相貌英俊的堂堂男儿,刚走进客栈时也有几位少女瞬间被吸引。可这白衣公子一登场,所有少女都爬墙了,又瞬间变成了他的真爱粉。人气大跌让吴胜也不禁要多看白衣公子几眼。倒是这位公子大方,环视一周后,就坐在了吴胜身边。白衣公子介绍自己是京城人氏。声音竟格外绵柔又不失清澈,不禁让吴胜好感大为增加,与他攀谈了起来。

美男子总是好沟通的,两人把酒言欢,谈天说地,气氛十分融洽愉悦,也赚尽了人气。言谈中,吴胜谈及这次回乡是要娶妻生子,公子听完神情立刻变得十分沮丧,原来开心的交谈也进行不下去了。气氛一时僵住,吴胜正不知自己哪里说错了话,得罪了这位公子,公子便推说自己身体不适,匆匆离开饭桌回到客房休息。吴胜好不懊恼,以为肯定是自己一言不慎,得罪了对方。

到了夜里,吴胜也回到客房休息,心里还惦记着白天的事,想着明个儿要去给那位公子赔礼道歉。正准备上床休息,突然听见敲门声。吴胜开了门,却见外面站着一位身形窈窕,面容姣好的女子。吴胜是个规规矩矩的好青年,这些年都忙于经商,哪里见过这种架势,以为是白天的哪位小粉丝,正欲开口劝说,却发现这女子的面貌似乎很熟悉。吴胜定下神来仔细看了看,发现正是白日里与他把酒言欢的公子。这突如其来的变化让吴胜直接死机了,你你你你你……你了半天也说不出一句完整话来。可是门外的女子却眼角濡湿,眼眶泛红。吴胜还在"你你你你你"的当儿,可也见不得这么位美女梨花带雨,满腹委屈。于是赶忙将她让进屋里,细问之下才知道缘由。

原来,这名女子是前中堂大人和珅的姜氏,和珅被法办以后,自己得以从抄家中逃了出来。可是原来可以仰仗的大树轰然倒塌,自己一个弱女子，风雨飘摇，想到自己以后的生活，美女不禁悲从中来，又低头啜泣了起来。

吴胜正值血气方刚的时候，顿生豪情，说道："姑娘不必担忧，我与姑娘既相识一场，必当倾尽全力护姑娘周全。"

美女抬起头说："公子自然可以接济我一时，只是终我一生，注定孤苦无依。"说完又哽咽了起来。

吴胜看见烛光摇曳中美女的身影，不禁升起万分怜爱之情，许诺道："若蒙姑娘不弃，吴胜自然愿意与姑娘相守一生，姑娘以前锦衣玉食的生活在下给不了，但也绝不会让姑娘受半分委屈。"

美女听完，失声痛哭。吴胜心想这可真是女人心海底针，难道是嫌弃我？没想到美女突然跪地，吴胜赶忙手忙脚乱地去扶，美女却坚持不起身，哽咽着说道："我今日得见公子，心中十分欢喜，原想托付终身，不料公子正待成亲。心中虽然十分失望，但也不敢耽误了公子的好姻缘。今日得公子不弃，此生必定对公子敬爱照顾。"

就这样，和珅的妾氏完成了自己后半生的托付，而吴胜也是正要睡觉就有人送来了枕头，得了这样一位美若天仙般的妻子。只是，和珅是当时的政治敏感词，二人商量后决定暂不提及美女的真实身份。回到家乡，吴胜的爹娘看到自己的儿子这样风光归乡，又带回来一位甩了村花十条街的媳妇儿，自然是十分欣喜，也不细问，就欢欢喜喜地办了喜事，等着抱大胖孙子呢。

两人成婚后，一直相敬如宾，十分和睦。几年后女子竟是和珅侍妾吴卿莲的身份才被逐渐揭晓。吴胜的爹娘知道自己的儿子竟然撬了前中堂大人的墙角，震惊之余，也免不了要为儿子叫好了。这位和大人的妾室在逃跑出来之前，还带了不少金银珠宝，让吴胜直接跃居村中首富，这可真是："小徽商撞了桃花运，娶了媳妇得金银。"

（吴琼）

义士相助井为媒,贫寒书生得姻缘

客居扬州的陈虚谷是湖北人,在扬州无亲无故,毫无依托,而且又是个一贫如洗的书生,便只得以教授经书为生。不过,他勤劳节俭,没过几年,便用节约下来的钱娶了妻子蔡氏。虽然日子依旧清贫,但夫妻二人相敬如宾,互相照应,陈虚谷也总算在扬州找到了家的感觉。可是,温馨的氛围没有持续多久,陈虚谷的妻子就生病去世了。妻子的病几乎花掉了他们的所有积蓄,所以,妻子死后,陈虚谷又回到了孤苦一人、一无所有的生活。他既要谋生,又得洗衣做饭,照顾自己,辛苦劳累那是自然,关键是孤苦伶仃、身处异乡的滋味实在不好受。有幸的是,陈虚谷的房东见他为人敦厚老实,又可怜他的境遇,对他照顾有加,这也算是陈虚谷在扬州唯一的依靠了。

这日,陈虚谷早早起床,开始忙碌的一天。他像往日一样来到井边打水,可没等把水桶放到井中,就发现井里面有个又长又大的布袋浮浮沉沉。陈虚谷好生奇怪,急忙找来工具,准备把那布袋捞上来看个究竟。谁知,那布袋重得很,他费了九牛二虎之力才弄了上来。精疲力竭地他连忙打开布袋,然而映入眼帘的那一刻,使他瞬间惊呆了——里面装的竟是一个人,而且是一个年轻貌美的女人。陈虚谷连忙用手试了试那女子的鼻息,发现她一息尚存,便赶紧把

井

她背进室内，放到床上，悉心照料。过了一会儿，那女子霍然翻身，将腹中积水吐了出来，此后，才开始渐渐苏醒。女子醒过来后，神志却极为恍惚，她面带忧伤，圆睁着眼睛，目光呆滞，一会儿便开始低声啜泣。一旁的陈虚谷不停劝慰，又喂了她一些吃的，这才渐渐缓过神来。

那女子便哭着对陈虚谷道出了自己的经历："妾身乃是南京人，姓张，名婉兰。被扬州的一个程姓徽商看中，买回来做他的小妾。谁知，他家夫人善妒，又颇为凶悍，她将我安置在一栋荒废的宅子里面，不许主人见我。主人今年一开春便到汉口做生意去了。他走后，我的日子更加难熬，天天都会受到夫人的欺辱。眼看这几天主人便能归来，不料想，前些天夫人突然邀我一同去赏月。当时我也没有多想，以为是夫人担心主人归来有所责备，就去赴了约，结果她将我灌醉，狠心把我推到了井里……"说到这，那女子哭得越发伤心，"公子您是从井里将我救起来，您的再生之恩，我该怎么报答啊！"说着，便要磕头谢恩。

陈虚谷连忙阻止。对这女子的遭遇，他甚为同情，但同时又有些手足无措；另一方面，他还担心程夫人得到消息，又来图谋迫害，可是自己的房间简陋,没办法将那女子隐藏。思前想后,实在不知如何是好,便决定将此事告知房东,他知道房东是个有道义之人,定会想法搭救她。

于是,陈虚谷将事情的来龙去脉告诉了房东。可巧的是,房东与那家女主人是亲戚,对婉兰的遭遇也略有耳闻,但程夫人对婉兰下此毒手,却是他万万没有想到的。他诚恳地对陈虚谷说:"我一直挺替她可惜的,这么好的一个女孩子要去给人家当小妾,现在又落得这般场景,不过,事情到了这一步,反倒有了转机,你且放心,此事包在我身上了!"

房东径自来到程家,与程夫人寒暄过后,便直接问到:"那张氏婉兰何在?"程夫人一听"婉兰"二字,瞬间脸色煞白,嘴里支支吾吾,心里搜肠刮肚地想着应对之法,房东紧紧逼问:"你可别想骗我,事情我都知道了。现在要是好好处理,还能有一线生机,要是闹到衙门去,我可不敢担保你能平安无事!"

程夫人一听,便知事情已经败露,顿时吓破了胆,急忙给房东下跪,道:"我求你看在亲戚的份上放过我,只要你能帮我摆平此事,让我做什么都行。"

房东不紧不慢地将陈虚谷救婉兰之事告知于她,并说:"那陈虚谷前段时间刚死了妻子,要是你能多给他一些银两,再把婉兰以往衣物拿出来,将婉兰嫁与他,让他带着婉兰回湖北老家去,那二人感恩戴德,自不会再难为你,你也就永无后患了。况且,成全了他们,也能给你自己赎罪。"

程夫人听了觉得是这个道理,但又有些疑虑:"这样的话,我家老爷回来看不到婉兰,该怎么办呢?"

房东镇定地说:"程翁要是回来,便告诉他婉兰已生病去世,到时他若不信,我定会帮你掩盖!"程夫人在一旁连连点头,一一答应了房东的要求。

于是，在房东的帮助下，以井结缘的陈虚谷与婉兰结为了伉俪，拿着程夫人给的许多银两一起回湖北了。

（孟颖伶）

抚弱济困，莫若授人以渔

　　徽州，这是一片神奇的土地，这里是远近闻名的商贾之乡，巨商富贾几遍天下，更是千载读书之地，文人雅客尽展风流。在这片人稠地狭的土地上，徽商的第一代多是破产的农民，第二代就是小本起家的小商小贩了，到了第三代，商业就进入鼎盛时期，第四代则涌现出科举出身的官僚，由此上演了无数家族的兴衰悲喜剧。富裕起来的徽州人总是秉持"读书、守礼、劝善"的古训，行善积德，周济邻里，谱写乡间一幅幅美丽的和谐画卷。

　　话说在清朝乾隆年间，军机大臣潘世恩的祖上也是显赫的商人世家。潘世恩的祖上潘老太翁经商有道，教子有义方，大儿承父业，次子读书为官，潘老太翁可谓功成身退，隐居乡里，一时成为乡间众人值得效仿的楷模。潘老太翁归隐乡野却久负盛名，至今仍流传他许多抚孤济困的动人故事。

　　话说有一年除夕之夜，儿孙满堂围在一起吃团圆饭，一大家子说说笑笑，好不热闹，潘老太翁可谓老来得福，尽享天伦之乐。晚饭过后，家人各自回屋休息，深宅大院里的喧闹很快归于沉寂。潘老太翁在家人入睡之后，总爱手提灯笼在自家院内溜达溜达，活动筋骨。他慢慢地走在庭院小道上，突然看见前面角落里有一个黑影左忽右闪。

老太翁加快几步走上前去细看，原来是邻家的一个后生，就把他唤过来，追问道："除夕之夜，你这三更半夜躲在我家作甚？"

被人发现的后生，只得蹑手蹑脚地靠近老太翁，扑通跪倒在地，怯生生地说："老太翁息怒，我实在是无颜面活在世上，真是愧对祖先啊！"

老太翁一听，不知所云，便急切地问道："孩子，你别急慢慢说，莫非你家发生了什么大事？"

后生哭诉道："我结识了不良朋友，染上赌博的恶习，不仅输光了祖上的基业，负债累累，还连累了父母陪我活受罪，我实在是罪孽深重，大不孝。今日年关，讨债之人很多，而且逼得紧迫，我实在是上天无路，入地无门，躲无可躲，只好趁着夜色躲在这里，暂避一时。今日被老太翁看见了，我真是羞愧难当，只有死路一条了。"

老太翁为人素来宽厚，知道了事情的缘由之后，安慰道："你误入

位于苏州的潘世恩故居

歧途,回头还来得及,何况你父母还健在,你应该好好活下去,你还这么年轻应该学好呀!"

后生说:"眼前这一关我恐怕是躲不过了,父母的养育之恩只能来世相报了。您有所不知,讨债之人正四处找我,我一出去,性命难保。恨只恨我交友不慎,为时已晚,真是追悔莫及。"

老太翁看后生谈吐倒像是个良家子弟,而且言语中有痛改前非之意,便问道:"你所欠债务有多少?"

后生低声说:"纹银一百两。"

老太翁说:"自古救急不救穷,我看你心地却也淳厚,品性倒还端正,我是真心想实实在在救你一回急,盼只盼你能痛改前非,好好做一回人,也不枉到人世间走这一遭。"

后生连连点头称是。

老太翁继续说:"你赶紧回到父母身边去吧,过好这个年。我这有一百两银子,你拿去把债还了。另外,我再送你一些银子,拿去做些小本生意吧。"说着叫家人拿来银子,交给了后生。

同时,老太翁厉声告诫道:"你以后可千万不能再赌博了,交友要慎重,一些狐朋狗友就不要来往了,你的祖上也曾是书香之家,万不可再辱没你祖上的好名声呀!"

后生痛哭流涕道:"老太翁的教诲我一定牢记在心,从此以后一定要重新做人!"

老太翁语重心长道:"回去之后,好生孝敬你的父母,打理好你的生意,有什么难处,还可以过来找我商量,只要你肯吃苦,要不了几年你就会走出低谷的。你也不用担心,今夜之事我也不会告诉别人,你也不要辜负我的一片好心。"

后生十分感激道:"老太翁,您是我的大恩人,我一定要混出个人样来,不辜负您老的期望。"说罢,磕头而去。

酒肆

数年之后，潘老太翁外出拜访老友，恰巧山下村口有间酒肆。老太翁心想，路途劳顿，可以暂且休息，明日赶路不迟，遂带着仆人走进了酒肆。老太翁一行人等点了一些酒菜，正在聊天等待。

谁知不一会儿，桌上却摆满了美味佳肴。老太翁大惑不解，即唤来店小二，笑道："我们未曾要这么多酒菜呀，你们是不是弄错了？"

店小二正准备解释。突然一对年轻夫妇，双双跪拜在老太翁面前，高呼："谢谢大恩人再造之恩！"

老太翁愈加困惑了，走近仔细一看，就是数年前邻家的那个后生。原来这个年轻的后生拿了老太翁的银子后还了赌债，到这里开了间酒肆，没过几年，就发了些小财，而且娶了媳妇，日子过得很是红火，附近十里八乡的乡亲没有不知道的。

潘老太翁扶起小两口，哈哈大笑道："你看，还没几年吧，这小本生意也能养活自己和家人呀。"暮色降临了，酒肆里的主客人等沉浸在一片热闹祥和的气氛之中。

久而久之，这一感人故事渐渐流传开来，成为一段人间美谈。

（吴冬冬）

柳翁托孤，殷翁义举传佳话

　　在古徽州绩溪县，有一位殷翁和另一位柳翁是相处了几十年的好朋友。哪知才是人到中年的时候，柳翁就得了病，很快，他的病情便每况愈下了。行将就木前，柳翁便将老友殷翁叫到床前，把自己的儿子托付给了殷翁，拜托他在自己死后照顾好自己的儿子，让儿子长大成人后，或苦读求学、业儒入仕，或往外一丢、从贾经商。殷翁含泪点头答应，让柳翁放心。

　　柳翁过世后，他的儿子因为没有父亲管束了，渐渐与街坊的混混为伍了。他不愿意进蒙童馆读书，也不屑吃苦学做生意，整日热衷于喝酒赌博，游玩闲逛。殷翁见了，就苦心地劝他，将他父亲生前对他的期望告诉他。殷翁每每对柳翁的儿子说起这些的时候，想起旧友，便情不自禁地老泪纵横起来。

　　哪知柳翁的儿子却总是不听劝说，一意孤行，继续他浪荡的生活。殷翁无奈，私下里摇头，感叹孺子不可教也。

　　而柳翁的儿子却赌瘾越来越大，邻里有个后生每天都来约他去赌博，他每叫必去，赌注也是越下越大。有时候一两天的工夫，可将家里的钱全部输掉。钱不够，他就东躲西藏，以至于那些赢家要上他家门揭瓦拆墙。被人家催得没有办法的时候，邻里的那个后生就劝他将父

158

亲留给他的田卖掉。

柳翁的儿子说："人家催得这样，恨不能到我家上房揭瓦，情急之下，你让我卖给谁呢？"

邻家的后生说："我帮你找到了买家，你把地契拿出来吧。"柳翁的儿子翻箱倒柜找到了父亲的地契。那个后生不久便领着人上门，不容柳翁的儿子多说，就让他将家里的田贱卖了。还清了赌账后，看到他手里还有余钱，邻居的那个后生就又来约他赌，没几天就将卖地的钱又输光了。

邻居后生就对他说："你别着急，你家里不是还有金银细软，古玩字画么？"柳翁的儿子赌红了眼，就渐渐地将这些东西全部都贱卖了，没有几年的工夫，柳翁家的老宅也给他卖掉了。

"好义可风"匾

终于，柳翁的儿子一贫如洗了，这时候，他连个立足之地都没有了，再也没有一根纱可以卖了，那个后生便也不来找他了。

他无家可归了，想来想去只好投亲靠友，住到了亲戚家。亲戚们也恨他嗜赌败家，将父亲留给他的财产都输光了，因此他住到他们家后，也就没有给过他好脸色，连给他的食物也都是家里的残羹冷炙。他受不了这样的待遇，便从亲戚家出来了。没有去处的他，想到了寺庙道观，所到之处，可没有一家寺庙道观愿意收留他，都是门被敲开以后，人家上下打量他一阵，就将门关了起来。

徽商故事（清代）

他没有一点办法，只好流落街头，与乞丐为伍了，白天四处要饭，晚上露宿街头，天当房地当床。时间长了，街上已经没有多少人知道这个衣衫褴褛、人瘦毛长的乞丐原是富户柳翁的儿子了。

一天早上，他蜷缩在街角熟睡的时候，感到有人轻轻地拍了拍他的肩膀，睁开眼睛一看，正是父亲的老友殷翁。他满脸惭愧地看着殷翁，说不出来一句话。殷翁把他拉了起来，带到了自己家，让他洗澡洗头，给他干净的衣服换上，然后又给他端来了热气腾腾的饭菜，让他好好地吃了一顿。

吃完了饭，一旁的殷翁对他说："你看你现在，落到了这个地步，可想起来当年我对你说的话了？"

柳翁的儿子听后，涕泪滂沱地开始了深深的自责，他后悔没有听殷翁的话，将一个家败掉了。殷翁说："家产失去了，不可复得了。可你现在发奋读书，尚且为时不晚，不是有大器晚成这一说么？你现在还来得及。"

柳翁的儿子从此在殷翁的督促下，早起晚睡，发奋苦读，不闻窗外事儿。果然，工夫不负有心人，几年之后，考上了秀才。

殷翁为之高兴，把他叫到跟前。柳翁的儿子看见殷翁坐在堂屋的太师椅上等他，边上的八仙桌上放着一些房契地契，古玩细软。这些东西他似乎很眼熟，便不禁疑惑起来。

殷翁却微笑着对老友的儿子说："这是府上的全部财产，现在物归原主吧！"

柳翁的儿子睁大了眼睛，不解地看着殷翁，这些东西让他有了恍若隔世的错觉。

殷翁对他说："那个时候，我看你执迷不悟，一意孤行，知道我一时也不能将你拉回来。你父亲将你托付给我，我怎么能眼睁睁地看着你这样下去呢？想来想去，只有采取一个办法了，我知道不到山穷水尽，就无法将你从赌桌上拉回，于是，我也只有背水一拼了，就是那句话说的，置之死地而后生。你可记得，有一个年轻的后生常找你去赌么？那就是我让他去的。买你家家产的那几个人，也是我雇的。去买你们家的房屋田地的人，其实都是我安排的。当时我想，只有这样了，或许才能逼着你警醒，然后发奋自立。没想到果然有了今天，我真的感到欣慰了，我现在已经一把年纪了，时日也不多了，这样，将来我才有脸见令尊呢。"

柳翁的儿子听了后，感激涕零，立即给殷翁跪了下来，稽首不止，殷翁上前将他扶了起来，几滴老泪落在了地上。

现在看来，柳翁当时托孤是找对人了。而殷翁智慧的义举，在四乡八邻也传为佳话。

（谢燎原）

大难临头托孤儿，义仆阿三护周全

清顺治二年(1645)，为推进清朝统一大业，掌握清廷朝政的多尔衮将军事重心东移，命多铎移师南征。三月，清兵在多铎的率领下，分兵亳州、徐州两路，向南推进，势如破竹，迅速占领了徐州、亳州、盱眙，并乘势下淮安，夺泗州，渡淮河，很快便兵临扬州城下。

此时的扬州城，人心惶惶。街上人声扰攘，总有些蓬头垢面的人到处游荡，军队来来回回，时不时地就有一队骑马的将士自南向北疾驰而来。老百姓们凑在一起交流着各自听来的消息，有的说清兵即将入城，又有人说靖南侯黄得功的援兵马上就能到。有个叫程阿三的夹在人堆里仔细听着。只见他叹了一口气，摇着头从人群中挤了出来，遥遥地看到城门守城的士兵严整不乱，这才心里安定了一些，急忙跑回家中。

程阿三的家在城北的吴宅，他是这户人家的管家，主人是歙县商人吴隆吉。很久之前，阿三就跟着吴隆吉到扬州来做盐业生意，在扬州定居已经许多年了。前两年吴老爷去世了，留下夫人洪氏和三个儿子。这程阿三是个诚实人，吴隆吉在世时对他不薄，主仆情深，老爷去世之后，程阿三和妻子感念主人的恩情，对洪氏恭恭敬敬，尽心尽力地帮着她打点吴家的一切，洪氏与程阿三夫妻也是感情深厚，从来不分主仆，俨然一家人。

大厅里，程阿三将从街上探听来的消息一五一十地报告给女主人洪氏。洪氏神情凝重地听着，不祥的预感袭上心头，她知道情势不妙。等程阿三说完，她即让他将家中男女老少都叫到大厅来，自己则缓缓地走回房中。不一会儿，吴家的三个小少爷和仆人便都在大厅聚齐了。

洪氏从房中走出来，手中拿着一个包裹，环顾了一圈，严肃地对众人说："大难将至！若城陷，倘有不测，我定自裁！"洪氏此语一出，几个婢女已经开始啜泣。洪氏强忍住泪水，怜惜地看着自己的儿子，继续说着："可是，三个孩子尚年幼，一定要保他们周全，若吴家无后，我无颜面见吴家列祖列宗！"接着，她走到程阿三跟前说："我们母子内外无所依傍，唯有靠你一人，无论发生什么，你可一定要让他们好好的，我替老爷谢你了！"说着便垂首行礼。

程阿三含着泪水扶起洪氏，不住地点头，道："夫人请放心！"紧接着，洪氏将包裹中的金银首饰交给程阿三，嘱咐道："一部分发放给下人，让他们各自散去，剩下的好生保管，照顾好三个孩子！"

清兵开始攻城了，南明军队在将领史可法的带领下，联合百姓抗击清兵，殊死抵抗。四月二十五日，南明军队弹尽粮绝，清兵攻破扬州。史可法自刎不果，被俘，在

史可法画像

徽商故事（清代）

多铎百般诱降后，仍然斩钉截铁地说了一句："城存与存，城亡与亡。我头可断，而志不可屈！"这下彻底激怒了多铎，他下令处死史可法，并宣布屠城，于是，便有了历史上骇人听闻的"扬州十日"，百万生灵，一朝横死。

扬州下着瓢泼大雨，城内哀嚎遍野，父呼子，夫觅妻，婴儿呱呱之声与雨声、清兵刀环响声交杂在一起，惨不忍闻。吴宅之内，程阿三仍在竭力劝说洪氏赶紧找个地方躲藏，可洪氏却镇定自若。天色渐晚，敌兵杀人声已逼至门外，洪氏含着泪摸了摸几个孩子的头，哭着喊道："快带孩子们走！"话音刚落，洪氏已奔出门外，纵身跃入井中。程阿三与仆人们齐声哭喊。未等他反应过来，夫人的几个婢女也相继跳入井中，其中便包括程阿三的老婆。看着眼前的一切，孩子们狂哭不止。杀声逼近，程阿三来不及悲伤了，擦擦眼泪，急急忙忙地护着三个少爷往外逃。

街上到处是尸体，百姓们慌乱逃窜，不远处一队清兵正拿着大刀到处砍杀，齐声乞命者数十人。程阿三拖着三个少爷往前逃，人流拥挤中渐渐失散，最后只剩下老大重华仍旧跟在程阿三身边。清兵马上就要追来了，程阿三顾不得寻找，便跟大少爷吴重华躺在尸体之中，假装已死。等清兵走过，再稍稍出来透透气，找点食物，寻找另外两个少爷，只要有清兵经过便又卧在尸堆中，如此与尸骸杂处了数日。

到了第十天，清兵下令封刀，杀戮渐止，人心稍稍安定。程阿三便带着吴重华偷偷回到一片狼藉的家中，将洪氏几人从井中拉了上来。不料婢女苏氏竟然尚有声息。程阿三立即将她救醒，继而把家中稍稍整顿，又将洪氏等人的尸首安排妥当。然后，程阿三化装成一个卖菜人，冒着危险，出门寻找两个小少爷。接连几日访求，程阿三终于找到了二少爷吴重光。然而此时的吴重光已经瘦弱不堪，已到性命的边缘了。程阿三一边竭力照料着吴重光，一边继续寻找三少爷。他几乎搜遍了城中的每个角落，仍然没有找到，哪知濒临生命垂危的二少爷吴重光也去世了。程阿三十分悲痛。此时，清兵的大规模屠杀虽然停止，但还时而有所杀戮。对富贾之家，虽已搜刮殆尽，却仍有一些贪婪的兵士，前来索要财物，稍有不快便操刀相向，有人献金万两仍然被杀害。程阿三反复思量，打算回歙县老家，这样既可以确保安全，也可以将洪氏带回老家安葬，或许也能在城外找到三少爷。

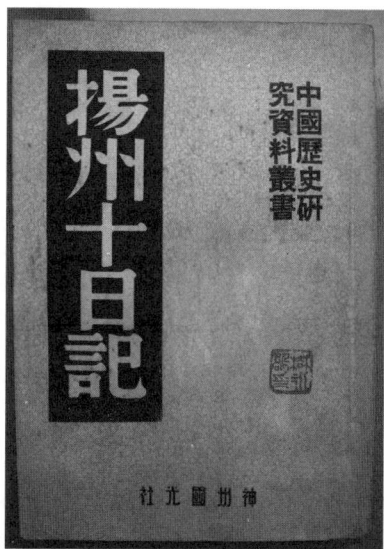

记载清军扬州屠城的《扬州十日记》

于是，程阿三带着吴重华和苏氏婢女启程了。那一年，吴重华才刚刚十一岁。

回到歙县时，洪氏先前交托的金银早已用完，吴隆吉之前在歙县的家产也都被别人占有。程阿三从此朝夕忙碌，勤俭节约，辛辛苦苦地将吴重华抚养长大。程阿三无子，至死仍在责怪自己未能找到三少爷，也没能保住二少爷吴重光的性命。他去世后，吴家人将其安葬在吴重光墓旁。多年之后，吴重华的儿子吴卓人，感念义仆程阿三终身护主的事迹，为其作传，以彰其行。

（孟颖佼）

为解他人燃眉急，黑夜寻药险丧命

徽商中有的富可敌国，有的白手起家，有的亦贾亦儒，他们的传奇人生是徽商精神的典型表现。那些记载于徽州方志中的一串串姓名，带我们认识了那个明清时崛起称雄，执商界牛耳达三四百年之久的群体。其实，除了那些熟悉的名字之外，还有很多的徽州商人，他们的故事也值得我们咀嚼和玩味。

休宁齐云山是道教四大名山之一，无数奇丽山峦起伏不已，山石间掩映着丛丛簇簇的各色林木，地上落满松软的树叶。无数善男信女往来于山道之上，前来烧香求神、祈祷福寿。在这个山上便流传着一个徽州商贩的故事。

在那条众多香客穿梭其间的山道上，有个叫汪晓峰的年轻人几乎天天都在。他并非来烧香拜佛，而是向沿途经过的香客贩卖食品、药物和贡品等必备之物，随叫随卖。除了背着竹篓在登山道上叫卖，他还在小壶天边开有一间杂货店固定出卖。若是没货了，他就到山下的岩前街去进货。他时而在杂货店卖货，时而背着竹篮到山道上叫卖，以此为自己谋生，同时也解决香客们的生活之需。来往齐云山的人都知道，只要缺少什么东西，就会去找这位小汪老板。

这晚，劳累了一天的汪晓峰盘点好次日需要去进的货单，便睡下了。半夜，一阵急促的敲门声将他吵醒："店家，求你开开门！"汪晓峰一听，想着此人定是有什么急事，便赶忙起床，披衣开门。他提着灯笼一看，敲门之人脸色惨白，捂着肚子，满脸痛苦。原来，这位香客半夜突然肚子疼痛起来，还越来越厉害，亟须消炎止痛药。但店里正好没了止痛药，汪晓峰本打算明日就去岩前街进货的，可是，这病人的情形怕是很难支撑到第二天了。那香客也是苦苦哀求，想快点拿到药。汪晓峰担心香客的病情，便决定连夜下山去进货。然而，生活在这里的人都知道，齐云山山木苍郁，夜间常有老虎出没，绝对不能在夜间下山，汪晓峰常年在山上做生意，怎会不知此去有风险！但看来人痛苦的表情，实在于心不忍。他安顿了香客在店里躺下，二话不说就启程了。

月光的笼罩下，山路在寂静中蜿蜒，荆莽丛中的一条小路依稀可

药铺

徽商故事（清代）

见,汪晓峰提心吊胆地快速前行。过了一会儿,汪晓峰着实累得喘不上气来,便稍微放慢脚步。先前急匆匆的前行顾不得别的,这一慢下来,周遭的声音便听得清清楚楚。汪晓峰觉得有点不对劲了,静谧的山谷里原本只能听到他匆促的脚步声,不知何时,除了他的脚步声外,在远处,某种声音正在逼近,继而一股带着臊腥的气味也弥漫而来。汪晓峰害怕了,越担心发生的事情往往越是如期而至。汪晓峰加快了脚步,憋足了勇气回头张望,周围一片漆黑,但在约十数步之外,两束寒光正在向他逼近。果不然,一只大老虎正朝着他压过来,汪晓峰心里一颤,拔腿就跑。糟糕的是,后边的老虎也跟着跑起来,而且离他越来越近。汪晓峰只觉得后背嗖嗖发凉,已经手足无措了。估计也是逼急了,汪晓峰灵光一显,急中生智,心里顿时有了主意,强压住恐惧,他慢慢恢复了理智,此时也反应了过来。虎性是这样的,如果你急急奔跑,老虎也会急着追赶,于是他逐渐把脚步慢下来,警惕性地缓缓行走,在山路上绕来绕去,寻找可以回避老虎的地方。终于,不远处几棵大树矗立着,汪晓峰打定主意,一手拿着灯笼,一手解开衣扣,很轻但又快速地脱下外面的长衫挂在树枝上,又把灯笼垂在树干上,自己则急忙躲闪到旁边一棵更大的松树上,咬着牙爬到树干中,让繁密的枝叶遮住自己。此时,树林间一声呼啸,一阵风扑面而来,风过处,听见乱树背后扑地一声响,那只巨大的老虎跳了出来。只见它停下脚步,抬着头看着树枝,然后用前爪拨弄着那件长衫,接着又围着长衫来回走动,像是在审视什么,这样来回三四次。但见那老虎又去拨弄灯笼,结果它一碰,灯笼就掉在地上,灯火烧着了灯笼,火焰蹭的往上直窜,老虎大惊,急急地逃走了。

汪晓峰待在树上,待确定老虎跑远了才溜下来,快步前行,逃出树林。又走了一段路,来到了横水河渡口,刚好岸边停了一条略显破旧的船,汪晓峰二话没说跳到船上,奋力划到岸边。这时天已经微微亮了，他疾步快走，不一会儿就到了岩前药店。药店还未开门，汪晓峰叫醒店主，说明了来意，拿着药就急忙往回赶，中间未有一刻歇息。等他精疲力竭地赶回家时，病人还在他家的床上呻吟。汪晓峰照顾病人服了药，安排好休息的地方，终于松了一口气。汪晓峰不顾自身安危，用自己的勇气和智慧，及时解救了那位痛苦的香客。

平日里，汪晓峰多为周边人们提供生活必需品，其敬业精神广受称赞，于是被往来的香客尊称为"汪善人"。明清时期的一些徽商，可能并没有足以挥金如土的财富，也没有可以结交文人权贵的才华，甚至连一处固定的经商场所都没有，但无论资本多寡，经营何种商品，也不管在什么地方经商，他们始终都在坚持着一个信仰——重义诚信，有道经商。

（孟颖佼）

徽商助人不留名,救人就是救己

　　浙北道员(又称道台,清代官名)方万策,是福建莆田人氏。一天,同僚下属屠某在家中备了酒菜,请他到家里赴宴。方万策坐着轿子来到屠府的时候,屠某和一个仆人已经在门口恭候了。方万策下轿后随屠某一同来到了家里,一番寒暄谦让之后宾主按序坐下,那个仆人在一旁忙前忙后,斟酒上菜。方万策看了看屠家的这个仆人,觉得有点面熟,一时间也想不起来在哪里见过。

　　酒过三巡,已是酒酣耳热之时了。宾主聊得欢畅,方万策向屠某说起自己八年前从家中赴京赶考的事情。那一年,方万策和其他六人一道坐船赴京赶考,船至九江时,突然被一帮彪形大汉劫住,七举子和船上的人顿时吓得说不出话来。这几个彪形大汉让他们的船靠岸后,命令他们七人交出身上的全部钱财衣物,说这样方可以保全他们性命。七举子知道自己遇上劫匪了,平日里只是在家埋头读书,哪里见过这阵势,手无缚鸡之力的他们这时候已经吓傻了,只好交出了钱财和衣物,顿时,小船被洗劫一空。

　　劫匪走后,七人尚惊魂未定的时候,前面过来了一艘装满货物的船只。原来是一徽州商人正压货行船经过这里。这个徽州商人站在船的甲板上看到了他们七人,觉得蹊跷,便将货船停下,上前问个究竟。

这个徽州商人问明情况以后，便慷慨解囊，到自己的船上给他们拿来衣服和盘缠，匆忙中，他没有问他们姓名籍贯，就匆匆而别了。绝处逢生，七人自然是感激不尽，便上前询问恩人的尊姓大名，徽州商人笑而不答，说救人于危难之中，是一件寻常小事，只挥了挥手便与他们擦肩而过了。

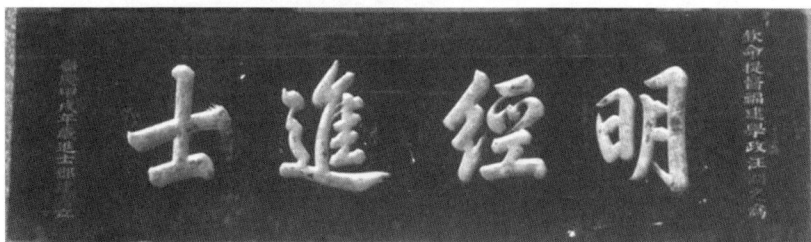
"明经进士"匾

说到这里，方万策放下酒盅，捻须微笑对屠某说："第二年便是癸未年，发榜时才知道，这次被徽州商人救下的七人居然有六个高中进士，如果当时不是遇到这位徽州商人，自己和那几个人真不知道怎么办呢。"

屠某听后，也感慨了一番，问道："至今还没有打听到这恩人的下落么？"说着，屠某呼叫仆人上前给方万策斟酒。

这时候，方万策对着这个走近自己身边斟酒的仆人看了看，心里一惊，怪不得刚来时便感到屠家的这个仆人有点面熟，仔细想想，眼前这人不就是当年救了他们的那个徽州商人么！他以为自己的酒喝高了，在桌子下面掐了掐自己的手，啊！疼的，又盯着屠家的这个仆人看了看，想到，天下难道有这样的巧事情么？

于是，他将这个仆人叫住，问道："请问尊仆，你八年前是否救过几个人？"

那屠家仆人听了，想了想，说："大人，小人想不起来了。"

徽商故事（清代）

　　方万策又道："请你仔细想一想，那是七个进京赶考的举子，被强人抢夺了财物，连外衣也被脱去。"

　　屠家仆人又思索了一会儿，说："不错，我想起来了，那一年自己做生意时，船行驶到九江江心的时候，确实是救了几个读书人，不过那已经是八年前的事情了。"

　　方万策当即离座，走到这个仆人面前，跪了下来，含着泪告诉道："恩人，下官就是当年被您救下的几个人之一啊。"

　　这时候，屠某也感到非常的惊奇。他和仆人将方道员扶起后，便仔细地问了仆人的身世。仆人告诉他们，自己正是当年的那个徽州商人，后来因为做生意失败，折了大本，弄得自己一贫如洗，只好将自己卖身给屠家做仆人。

　　方万策当即出资将这个徽州商人赎身，又将他接到自己家里，好酒好菜地款待了一个多月，并且写信让当年被救的几个人一道来见恩人。众人与恩人相聚，必然是感激涕零。临别前，方万策赠送上千两白银给这个徽州商人，其余的几人也都有所馈赠。

　　助人为乐的徽州商人回到老家后，重操旧业，不久便东山再起了。

（谢燎原）

徽商行善，义犬报恩

话说有个徽商出门做生意，途径水路，便招手搭上了一只顺便船。上船后，这徽商刚安顿好自己，就看见了船的桅杆上用麻绳五花大绑地捆着一只狗。这只狗头朝下尾朝上地被绑着，想挣扎却已经无法挣扎，只是喉咙里不断发出低声的哀鸣。看到徽商上船后，那狗的两只乞求的眼睛就紧紧地盯着他，让徽商不忍目睹。

徽商奇怪地问船主道："船家，请问你这船上为何捆着这条狗？"

船主说："这是一个本地人欠我的钱，但无钱还债，只好将家里的狗拿来抵债。我怕狗跑了，遂将狗捆绑在桅杆上。等船行到集市时候，我便将这狗卖给市面上的屠夫，变作现钱。"

徽商听这么一说，又回头看了看那只狗。那只狗仍在哀求地看着他，绝望的眼睛里几乎要流出了泪水。徽商突然有了主意，便对船主说："船家，我出钱买下这只狗，好不好？你就将狗松绑放生吧！"

船主一听，心想徽州的商人有的是钱，何不乘此多要两个，一定比卖给集市上的屠夫赚得多一点，于是他说了一个比较高的价格。这个徽商爽快地答应了，当即付了钱。船家便将桅杆上的狗放了下来。

那只狗活动了一会筋骨，便来到徽商面前，在他的身边卧了下来。徽商摸了摸它的头，嘱咐船主道："请船家就把船摇到岸边，将狗放了吧。"那船家钱已经到手，便听从徽商的吩咐，把船摇到河岸，将那只狗放出了船。然而那狗上了岸以后，却没有到别处去，而是一直跟着船在走。

船主载着徽商继续前行。谁知道这时候，船主的肚子里已经有了谋财害命的企图了。那是因为刚才船上的徽商解开装钱的口袋，拿钱给船主时，让他看见了徽商随身带了许多钱财。他想，这么多的钱，我要操劳多少时候才能赚到？现在这船上只有我和他两个人，把他推到河里淹死，也是神不知鬼不觉的事情，那样，他的那些白花花的银子就是我的了。我也好去另谋生路，省得天天撑这条破船，春夏秋冬，日晒雨淋。想到此，他的罪恶主意便决定了。

到半夜，这恶毒的船主趁徽商熟睡的时候，就拿出绳子将那徽商严严实实地捆了起来，又用手巾塞住他的嘴巴，再把他装到一只布袋里，将布袋口扎好以后，便迅速地将徽商推入河里。然后，携带着徽商的钱财飞快地将船划走了。

谁知道，之前被徽商救下的那条狗到半夜仍未离去，始终跟着这只船。这时候，它看见船上抛下了沉重的东西，便猛然一下子跳入水中，奋力地游到河心，迅速在河里找到了装着徽商的那个口袋。然后，它奋力地用利嘴紧紧咬住了那布袋，四肢迅速地划动着，费尽了力气，终于咬着布袋游到了岸边。它将布袋放在河滩上，只听得布袋里面的徽商在呻吟着，便连忙用嘴巴解着布袋。然而毕竟是动物的嘴巴，而不是人的双手，它怎么也解不开布口袋。它便停住无效的动作，向四下里望了望，又竖起耳朵听了听。忽然，它撒腿向不远处的一处田里跑去。原来那处田里有个早起的农夫正在插秧。狗跑到农夫面前，便拼命地用嘴咬着农夫的裤脚往前走。农夫想，这狗这样咬自己的裤脚，必然有什么事情，便放下了秧苗跟着狗来到了包裹徽商的布袋前。

这个舍财救狗的徽商得救了。他将经过告诉了农夫，农夫叹道："真是狗通人性，这是一只义犬呀！你救了它一命，它知恩图报，也救了你一命。"

（谢燎原）

众乞丐盛情邀约，张朝奉死里逃生

　　典当业是徽商经营的主要产业之一，鼎盛时期的徽州典当行遍布全国，甚至有"无典不徽"的说法。时至今日，老典当行里做生意的隐语，依然有着当时徽州商人们的言语和痕迹。"徽州朝奉"便是对徽商中的典当行业掌柜的称谓。"朝奉"原本是个官衔，含有尊敬的意思，随着历史的发展，"朝奉"的词义发生了诸多变化。在徽州，"朝奉"的使用十分普遍，不仅指当铺掌柜，有时也指代徽州富商，还是孙子对祖

当铺

父的尊称。不过外地人对徽商有所偏见，故到后来，渐渐有了刻薄、吝啬等批判的含意，表示一个商人唯利是图，啥都不管，只知赚钱，"朝奉"有时也成了对商人的谑称。

词义的变化往往能反映现实的情况，在人们的印象中，当铺的掌柜大都十分势利，常常以官长自居，言语尖刻，令人痛恨。其实，这也不尽然，此种印象的形成往往与去典当之人自己的心情有关。当然，他们的印象中也有例外，张朝奉便是其中一个。在人们口中，这张朝奉全无傲态，整日笑嘻嘻的，说起话来和颜悦色，因此，大家都尊敬地称呼他为"张先生"。遇到乞丐来索要钱财，张朝奉也都是立即开发，从来不会让乞丐们待得太久，所以，张朝奉在乞丐中也是人气颇高，乞丐们对他都是交口称赞："张先生可是个忠厚之人！"

这一日，张朝奉要乘船出门。他早早地来到岸边，船已停在了屯溪的码头上。他将行李放到船上后，听伙计们说还得再等一段时间才能开船，心想，反正闲着无聊，便上岸闲逛一下。这天阳光明媚，天气极好，张朝奉看着岸上风景，来回溜达。他远远地瞥见在北边的大树下，几十个衣服破烂的人围成一圈，席地而坐，欢声笑语，好不热闹，再看中间，摆满了各种酒肉食物。张朝奉心想："嘿，这群乞丐交了好运，不知哪里得来了这些美酒佳肴，敢情是要来个大聚会啊！"正驻足而思，忽听见大树那边有人喊他："张先生，您这是从何处而来啊？"张朝奉这一听，心里着实慌了，装着没听见的样子，忙不迭地往回走，可没走几步，一只脏兮兮的手便伸了过来，扯住了他的衣袖。接着，那乞丐恭恭敬敬地邀请："张先生，难得相逢，别这么快就走啊。今日我们兄弟走了大运，那边有好酒好肉，过来跟我们一起尝尝吧，哥儿几个还想敬您一杯呢！"

原来，那乞丐以为张朝奉没听到他们的呼喊，生怕他错过了这次盛大的宴会，便急忙追过来，跑到张朝奉的身前。张朝奉避之不及，又

徽商故事（清代）

看那乞丐一番盛情，实在是尴尬，但自己又羞于与乞丐们为伍，便只得咿咿呜呜地回绝。可那乞丐是个一根筋，看张朝奉回绝，以为他是不好意思，便再三邀请。张朝奉又再三回绝，两人这样来来回回、相持不下，这可急坏了那边等着开饭的乞丐们。于是，乞丐们全都跑了过来，大家七嘴八舌地喧闹了一番，没等张朝奉同意，便已经簇拥着他来到了树下。张朝奉看这情形，实在是没法了，打量了一下周围，见没几个人经过，便不得已地与他们喝了几杯。寒暄了一下，张朝奉便要准备离开，谁知刚一起身，就又被乞丐们拉着坐了下来。乞丐们正在兴头上，怎肯放他走。一伙人摇摇晃晃地喝成一团，又争相向张朝奉敬酒。张朝奉推辞不成，只得作罢。如此这般，又哄闹了一会儿，乞丐们才肯放他走。走出乞丐堆的张朝奉一边庆幸自己终于逃了出来，一边急急忙忙地往江边奔去。

等张朝奉上气不接下气地跑到岸边时，才发现自己要乘坐的那条船刚刚起航，正船桅高竖，破浪冲锋。他拼了命地在岸上呼喊，想把船叫回来，可江上的人又怎会听到他的声音？便也是徒劳了一番，最终，只剩他孤零零的一个人在岸上发呆。张朝奉越想越郁闷，这算什么事儿啊，被一群乞丐缠住不放，误了船，把正事都给耽误了，唉！张朝奉急得像热锅上的蚂蚁，正苦思冥想解决之法时，忽然就刮起了一阵狂风，张朝奉便遥遥地看到江上正在行驶的那条船翻了过来，船上的人全都落水。起先，张朝奉还能望见落水之人露在江面上不断挣扎的胳膊和船上的桅杆，渐渐地，便什么也看不到了，最后，只剩下白茫茫的江面。他惊呆了，吓得直接蹲在了地上，半天说不出一句话。等他回过神来，想想自己差点就丢了性命，仍觉后背发凉，十分后怕。他失魂落魄地往回走，找到那群乞丐，将刚才所经历的一切一五一十地告诉了他们，言语之间再也没有了刚才的架子，彻底放下了身段，甚至充满了恐惧，像是受到惊吓后需要别人抚慰的小孩。乞丐们听完，惊讶之余，都为张朝奉能捡回一条性命而庆幸。在大家的一片庆贺声中，张朝奉才稍稍定了定心，接着，乞丐们便拥着张朝奉回到了当铺。

因为与乞丐们的一次聚餐，张朝奉丢失了行李，却捡回了一条性命。这机缘巧合，看似偶然实则必然，且不说什么"好人有好报"，若不是他平日为人宽厚，乞丐们又怎会盛情相邀，不然，这张朝奉恐怕早已成了江上的冤魂咯！

（孟颖佼）

徽州古码头

多疑的徽商杀妻舅

  清朝乾隆年间，古徽州黟县有一位商人，在娶了媳妇后不久，父母相继去世了，商人的弟弟当时年龄尚小，就由兄嫂抚养。商人为了养家，大多数时间外出做生意。日子过得飞快，商人的弟弟渐渐地长大成人了。

  有一天，商人从外面回来了，妻子忙烧菜沽酒迎接他。席间，妻子让小叔子也一道来为哥哥接风，举杯之际，妻子先敬了已经成人的小叔子，然后才敬自己男人。

  商人见状，心里有些不太高兴，也起了疑心，但他也没有多说什么，只是闷闷不乐地休息了。第二天，他早早地就起来了，对妻子说："我的许多货物还贮存在其他地方，有买家正在等着，今天必须去发货给人家，大约要半个多月才能回来。"说完便走了。

  商人走后，他妻子对小叔子说："你哥哥昨天回来，那个样子好像不太高兴，搞得一家人都兴味索然。按道理说，一家人分别了那么久，团聚的时候应当高兴才是，况且，他过去回来的时候，总是与我们和颜悦色地谈着生意上的事情，还问这问那的。昨天那个样子，也不知道他是怎么了？我今天就回我娘家去看看我父母，等你哥哥回来以后我再回来。家里的箱子匣子我都锁好了，你在家要小心一点，把家看

徽派民居

好。"小叔子答应了,将嫂子送出了门。

当天晚上,小叔子将门窗关好后早早地睡下了。不一会儿,他就听到一阵紧一阵的急促的敲门声,他擎着灯大声地问是谁。那人不回应,只是一个劲儿地叩门。小叔子只好将门打开,将灯凑近,才看见门口站着一个全身汗泥、一丝不挂的妇女,吓得他后退了一步,想赶紧将门关起来。可那个妇女已经哭喊着跪在门槛前了,她说自己遇到了大难,只有小叔子的嫂子能救她。小叔子又急又羞地说:"我嫂子今天回娘家去了,家里只有我一个男人在家,这么晚了,是万万不能收留你的!"说着,强行要将门关起来。那个妇女只是紧紧地拉着门栓,不让他关门,并且死死地哀求小叔子收留她。小叔子没有办法了,只好走到屋子里面,脱下了自己的外衣,远远地扔过去,让妇女穿在身上,又让她进屋睡到嫂子的屋里去了。

熄灯后,小叔子想:"今晚我一个人在家,深夜开门让一个没有穿衣服的妇女在家留宿,这怎么说得过去呢?况且这个妇女身上连一件衣服也没有,天亮后怎么把她送出门呀?"

翻来覆去,小叔子还是决定,深夜赶到嫂子的娘家去,将嫂子叫回来，让她给妇女一身衣服，好将妇女送走，好在嫂子的娘家也不算太远。

他提着灯，紧赶慢赶地赶到嫂子娘家后，将家里的事情告诉了嫂子。嫂子回答说："现在是三更半夜，我不能回去了。"嫂子的父亲在堂屋里听见了小叔子的诉说后，对女儿说道："如果是这样的话，让你的小叔子暂时住在我们家，天亮后，你再和他一道回去，想办法让那个妇女走。"小叔子想想也对，就将家门钥匙交给了嫂子，自己找了一间屋子睡下了。

谁知却节外生枝了。原来在一间偏房里睡着他嫂子的弟弟，给半夜上门的小叔子吵醒了。他听清楚了姐姐家事情的来龙去脉后，暗暗地起了歹心。随后，他待一家人都睡着后，蹑手蹑脚地到姐姐房里拿走了姐姐家的钥匙，然后悄悄地溜出门，乘着夜色，来到了姐姐家。

他立即开了门，因为姐姐家他是经常来的，所以熟门熟路，摸着黑，就来到了姐姐的房间。昏黄的夜色中，他看见姐姐的床上果然酣睡着一个女子，于是他竟然迫不及待地未曾插门，就腾身上床将那女子一把抱住……

谁也没想到，就在这个时候，商人回来了。他推门时，才感到家门并没有锁上，遂带着怀疑的心情，侧着身子悄悄地进来了。果然走到自己的卧室门口，就听见了里面传来不堪入耳的秽亵声，不由得怒从心起，自己的疑心竟成了现实，于是他迅速地跑到厨房里，拿起一把菜刀，转身就进了卧室的门，奋力向那对偷情的人砍去，接连砍了数刀，连鲜血溅在自己的脸上也不顾了，很快就将床上的两人都杀死了。

商人放下了菜刀，也来不及细看所杀的人是谁，只是略想了想，便匆匆地赶到了岳父家。叫开门后，他喘着气，惊魂未定地告诉岳父："你生的好女儿，竟乘我不在家中，勾搭小叔子，在家里私通，刚才已被我杀死在床上了！"

他的岳父惊奇地说："你这是什么话？我女儿和你的弟弟、她的小叔子，现都在我们这里呢！"

商人一时摸不着头脑了，他说："奇怪了？如果是这样的话，那个男人是谁？那个妇人又是谁呢？"

岳父道："你若不信，我即把他二人叫出来给你看。"说完，就把商人的妻子和弟弟一齐叫了出来。大家一道将昨夜家里发生的事情告诉了商人。商人恍然大悟，才知道自己误会了自己的妻子和弟弟，却又不解地问道："那什么人在我家行那男女苟且之事呢？"

他的妻子突然想到了什么，在家里找了一遍，只是不见自己的弟弟。她摸摸自己的口袋，自家的钥匙也不翼而飞了。一时间，一家人都明白了，那个男人一定是她的弟弟，他一定是在听到了小叔子说家里来了个妇女后起了歹念。这个不肖之子，现在可能已经是刀下鬼了。

大家便一同来到了商人家，一看那个男人果然是商人的内弟，只是不知道那个被杀的女子是从哪里来的。正在疑问之时，街坊邻居传来了昨晚有捉奸时女人逃逸的消息。商人一家人听说了，便找到了那些捉奸的人，让他们检验一番。那些人来到商人家一看，就说正是被捉奸的女子，还庆幸商人将这不知廉耻的人杀了。但误杀也是命案，大家遂一同到官府中去，将此事的来龙去脉告知县官。县官听了，做了一回和事老，让各自的家人将尸体掩埋算了。

（谢燎原）

徽州富女和贫女

这是在古徽州歙县的一天,恰逢民间的嫁娶之日,天气晴朗,艳阳高照,山里的人家门口,弯弯的山道上,不时地可以见到接新娘子的马车和轿子,呜啦呜啦的唢呐声引得乡间的孩子追着热闹而动听的旋律直跑。

在一条路上,迎面走来两辆接新娘的马车,在此狭路相逢了。两个新娘不约而同下了马车,来到路边休息。这两个新娘,一个是贫穷人家女儿,另一个是富人家的女儿。两人回头看了看越来越远的娘家,就想到了生养自己十多年的父母,都忍不住地泪眼婆娑起来,脸上的胭脂都给眼泪冲淡了。不一会儿,富女停止了哭泣,伴娘立刻将香粉和镜子递上去,让富女补了补妆。可在路的另一边坐着的贫女,还是在那里不住地哭泣。

富女想,这个女子怎么还在哭呢?她和自己一样,今天到夫家了,远远地离开了自己的父母,一定是舍不得的。想到这里,她让伴娘上前去问问贫女为什么哭。

贫女说:"我听说我的婆家很穷,家境不好,平时连肚子都填不饱,我嫁到他们家,岂不是和他们一起挨饿么?想到这里我就感到伤心,父母怎么舍得把我嫁到了这家呢?"

富女听说了以后,动了恻隐之心,她想了想,即将身上佩戴的一个荷包解下来,让伴娘送给了贫女。这个荷包是她出嫁临上车时,宠爱她的祖母送的一个陪嫁物。

贫女收下了富女的荷包,止住了哭泣,也没有来得及问一下富女的姓氏,就和富女各自上了马车背道而走了。

贫女到达婆家的时候,看见婆家的状况果然是十分寒酸。只有一间屋子,屋梁和椽子都已经有点歪斜了,灶屋里也是冰锅冷灶的,连水缸都是缺了沿的。

新郎官叹口气出来迎接新娘子,几乎是忍着泪对新娘子说:"我家的状况你也看到了,本来就是很穷的,现在都揭不开锅了。你嫁到我家,也只能跟着挨饿了,不久,我们都会被饿死的,这将如何是好啊?"

贫女没有说什么,她里里外外打量了一下这个家,便把路上富女给她的荷包交给了丈夫。她丈夫打开荷包一看,里面是二锭黄金,大约有四两重吧。

贫女的丈夫便问这个荷包是从哪里来的?贫女将在路上遇到富女的事情告诉了丈夫,丈夫又问她可知道富女的姓名,贫女摇了摇头,说忘了问。

两人一同来到集市上,将这四两黄金换成了三十多两银子,用一点钱买了一点米,还沽了点酒肉,回家后,两人拜了天地和祖宗,算是结了亲。

以后的日子里,贫女的丈夫将这笔钱拿去和别人合伙做生意,由于他为人忠厚诚实,童叟无欺,一年后生意竟然获利好几倍。再往后,他们家的买卖更是越做越大,生意兴隆,财源滚滚,不到十年,便成了一个富裕的商人家庭。但也有一桩不称心的事,那便是成亲多年,依然不见有喜。

看着不断积累起来的家产,贫女夫妻俩常常想:当年要不是富女

徽商故事（清代）

慷慨馈赠，他们家哪会有今天的好日子呢？真是不能忘了这个富女，可就是苦于不知道富女如今在什么地方？夫妻俩常常心怀歉意，于是，就在家里的后院盖了一间房子，专门将这个荷包供了起来，让自己一家时刻不忘当年富女的义举。

而当年的富女嫁到夫家不久，娘家和婆家都先后不幸遭遇了火灾，后来家里又几个人相继得了病，接连的不测，让她家如同被水冲刷过的一样，钱财耗尽，成了穷人。

许是不忘旧恩给贫女带来了幸福，这一年，贫女怀孕了，9个多月后生了一个儿子。不仅他夫妻高兴，全家人都高兴，便让人外出寻找奶妈。人们帮着找了几个，贫女都不太满意。这时有人给推荐了一个妇人，与贫女见面后，贫女就觉得很有眼缘，立即把她留下了，而且颇为情投意合，彼此相处，如同姐妹。

转眼间，贫女的儿子一周岁了，贫女和丈夫就隆重地给儿子办抓周酒席。酒席后，贫女带着奶妈抱着孩子来到了后院，要向那供奉的恩人的荷包祭拜，以感谢恩人的赠赐给自己带来好运。当那奶妈在那

抓周图

间屋子里,看见那供奉着的荷包时,便觉非常眼熟,这个荷包的绣法针脚,图案不是同自家的一个样么?她顿即想起自家过去的富裕生活和后来所遭遇的不幸,情不自禁地潸然泪下。

这情状被贫女看见了,贫女立即问道:"奶妈,你为何凄然落泪?"

奶妈用手巾揩了揩眼泪,说:"不好意思,让你见笑了。看到了你们家这个荷包,不由得让我想起了当年在我出嫁的路上,遇到了同一天出嫁的新娘子,那时她也是哭泣不止。当我知道了她因为婆家贫穷而伤心时,我便将一个与此同样的荷包送给了她。没有想到我的家现在竟然一贫如洗了。"

贫女听说了,不禁惊讶道:"啊,原来你就是我的恩人!我就是当年的那个贫女啊。我们正是得到你荷包中的赠与后,经商做生意,才有了今天的富裕。我们一家天天都在想着恩人,但不知你的名字,不知你家在何处,不知道怎样来感谢你,只有把这个荷包供奉在这里,以表对你的纪念。"

第二天,贫女夫妇杀猪沽酒,将族长和四邻请到家里来,又请来了富女和她的丈夫,让他们坐了上座。两口子首先举杯敬谢富女一家。贫女的丈夫说:"我们夫妇俩感谢你们一家,想当年我们家已经到了无米下锅的地步,就是靠你赠送的那个荷包,才有了今天。我们早想报恩的,可苦于不知道恩人姓名,也找不到你们。今天天从人愿,总算找到恩人了。现在族长和四邻都在场,我们愿意将家中的财产,如数奉还给你们,这样才使我们安心啊。"

富女也回敬了贫女夫妻俩,她说:"你们这是什么话?能够发家是你们家的福分,这与我没有那么大的关系,荷包就是在我家,你们也一定会发家的。你们夫妻俩要感谢我,只要给我一倍于荷包里原来的黄金就足够了。"

族长和四邻听说后,也是感慨万端,都说:"那一年,富女在路边的

徽商故事（清代）

慷慨解囊，是仁心。今天，贫女夫妇想将家产如数奉还，是义举。你们两家互相谦让，真可谓仁至义尽了。我们感佩你们两家的德行，也感到自己的脸上有光彩。依我们看，可以将贫女家的财产一分为二，各家一半，怎么样？"

贫女和富女两家便没有再说什么，依了众人的话，平分了那份财产。同时两家还约定，世代结为姻亲，以忠厚仁义传家。

（谢燎原）

徽商妇的纪岁珠

　　在古徽州歙县有一个女子,嫁给了一位商人。度完蜜月后,家里就催着男人出外做生意了。女子也知道,徽州外出经商的人家都是这样的。在和丈夫依依不舍地分别后,女子为了养活自己,也为了打发时光,就拿起针线活儿,做起了绣娘。

　　寂寞的油灯下,整日里刺绣着的女人格外想念丈夫。她常常抬起头,将针尖在头发上划了划,便看到了墙上映着的自己孤单的影子,她只能深深地叹一口气。从此,女子便将刺绣攒下的钱,每年买上一颗珠子,用彩色的丝线穿上,让珠子记录自己独守空房,苦雨孤灯的一年、又一年……

　　日复一日,年复一年。女子都在盼望中度过,她甚至不忍心也不愿意,去数那串在彩线上的珠子。

　　直到女子的丈夫回来的时候,女子已经去世三年多了。他打开女子刺绣的妆奁匣子,数数那串彩线上面的珠子,已经有二十多颗了。顿时,这位商人丈夫明白了一切,他对不起自己孤苦一生的妻子,而只能默默流泪了。

(谢燎原)

兰姑太和九连环

　　兰姑是徽州歙县棠樾村的鲍氏之女。在棠樾牌坊群里有一座牌坊，旌表该村鲍文龄妻汪氏节孝。这汪氏就是兰姑的祖母。

　　兰姑十七岁时嫁给了浙江龙游县的吴员外家做媳妇，住高楼大院，吃穿都不用发愁，本当过的是富裕的日子。但遗憾的是，夫婿虽说是名门贵族子弟，可却是一个药罐子，素来体弱多病，才二十多岁的年轻人，却骨瘦如柴，看上去倒有四五十岁了！这桩婚事，完全是父母包办的。豆蔻年华的兰姑整天陪着个小老头，不由得心事重重，总没个笑脸。她只怨自己命薄，八字不好。

　　不过幸喜的是，在嫁到吴家第二年，兰姑生下一个白皙的儿子，取名小宝。孩子的降生给她的生活带来了新的希望，于是她精心地哺育着，使小宝长得非常活泼可爱。

　　不料好景不长，在小宝三岁这一年，丈夫的旧病复发，咯血不止，医治无效，终于丢下妻儿而去。不久，年迈的公婆也离开了人世。吴家人丁本来稀少，如今空落落的三进大屋，只剩下兰姑和膝下一根独苗。

　　但这根独苗虽说活泼可爱，却也生来虚弱，冷不得，热不得，四五岁了还走得不太稳当。六岁上每天由佣人背着去上学，人倒也很聪明,小小年纪就认得了不少字,这给兰姑的心带来一丝安慰。谁也没有想到,嫩枝头上遭霜打,七岁的孩子竟染上了伤寒,不治而亡。

这对兰姑来说,真是晴天霹雳,把她猛然击懵了。她仿佛在眼前看到了老祖母在徽州老家苦守贞节的身影:脸上布满乌云,腮边贴满泪痕,枯黄的毛发被阵风吹乱,脚步踉踉跄跄……于是兰姑从此也变得如痴如呆,心坎里如同压上了一块大石头,才二十四岁的她,不知道怎样去度过漫长的一生。

她真不相信自己还是如花似玉的年华,眨眼间就要枯萎。她曾想到,凋谢了的梅花,有再开的时候,而自己还有吗? 为什么人反不如草木? 她知道这是自己的痴心妄想,不能够抵挡住封建礼教毒蛇般的绳索一道道的捆绑!

熬了一年又一年,孤独的兰姑终于找到了抗击厄运、消灾延年的方法:她不念佛,不信神,白天里同佣人一起打扫庭院,揩桌抹几,拾掇公婆留下来的产业,让自己的整个身心里里外外的处在忙碌之中;而当夜幕降临,她便进入卧房,洗好身子后便端坐在床沿上,拿起了与自己做伴的那副"九连环",解呀解呀,九九八十一次,套入一柱又套入一柱,解完了九个九九数,又接着解第二回。就这样在解环套环中消磨着漫长而孤独的黑夜,等待着疲惫上身而昏睡。

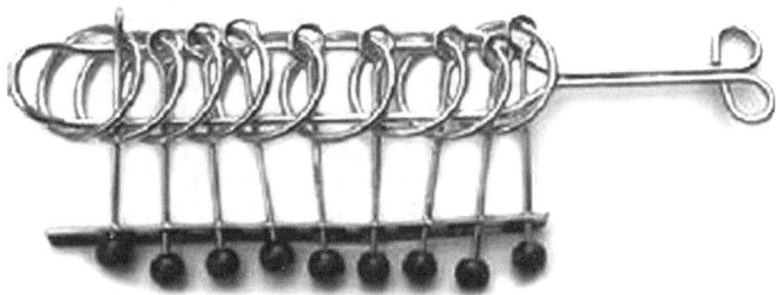

九连环

徽商故事（清代）

　　每天，"九连环"在寂静的夜里丁零作响，一圈一圈的铜环扣被摩擦得非常光滑。每解完了九九八十一数，兰姑心里的烦闷似乎便得到一点稀释和安慰。解呀，解呀，铜环在一点如豆的灯光前一闪一闪地发亮，时光便无声无息地从她身旁溜走。不知熬过了多少个黑夜与黎明，也不知解送了多少寒冬和酷夏。岁月的无情流逝，让曾几何时妙龄的鲍氏兰姑女渐渐变成了兰姑太，一头乌云变成了茫茫白雪！三十年过去了，兰姑太还是像以往一样，每到夜里，便坐在床沿上解她的九连环，她闭上眼睛能够熟悉每一个环扣的焊迹和磨损的疤痕。她那熟练的手指像穿梭一样搬弄着九个环扣，丁零丁零地响个不停……

　　突然，在一个晚上，稀里哗啦一声响，九连环的铜环扣折断了，撒了床前一地。白发力衰的兰姑太从迷惘中猛然惊醒。她急忙把灯草芯拨亮一些，然后弯下身来痴愣愣地对着那些撒落地上的环扣，她苦苦地笑了，仿佛自己赢得了什么。然而从解断了九连环后，一到夜里，兰姑太便更觉得手足无措，心事重重，坐立不安，只好呆呆地望着那一

盏昏黄的孤灯。

一天夜里，兰姑太望着孤灯，望呀望呀，突然间她眼睛一亮，猛抓起桌上的一叠铜钱，数一数恰好是一百个，便哗啦一声随手往地上一撒，然后她猫下身子，一个一个地捡起来，捡足一百个数，又随手抛撒在地上。像这样撒下又捡起，一次又一次，直到筋疲力尽，才躺下歇息。如此这般地又度过了好几年，兰姑太渐渐感到自己的身子骨不如以前了，每捡完一百个钱，便累得腰酸背胀。有一天夜里，当她撒下一把钱，然后提着灯盏找遍了四处角落，再也找不回最后一个铜钱，便累得她气喘吁吁地昏倒在地上……过了不知多少时候，她才醒了过来，发现自己躺在冰冷的地板上，她感到该安排自己的身后事了。

第二天早晨，她把老管家张庚叫到跟前，指着贴好的一担筐篓，说："这是我积攒下来的一点家当，请您老把它捎到徽州歙县棠樾村去！"

那是清嘉庆六年（1801）秋天，歙县棠樾村女祠"清懿堂"落成的日子，主持"理主"的董事鲍有莱，接到了浙江龙游兰姑太送来一副竹篓担子，里面盛有银锭一百两，还有一个绸布包，内藏折断的九连环一副、铜钱九十九枚，外附书信一封。上面写的是：

> 龙游兰姑鲍氏女，守节卅年多凄苦。镜里乌云变白发，解尽连环九九数。
>
> 长夜漫漫何时尽？复朝苦海抛青蚨。寻寻觅觅九折肱，熬完寒冬历炎暑。
>
> 青蚨一子飞不还，到头又成九九数。锭银百两伴二物，拳表寸心奉贞女。

（鲍树民）

吴烈妇吞金殉夫

杭州的葛岭之南,建有一座吞金祠,据说这是人们为了祭祀古徽州的一位徽商之女——吴烈妇而修建的。

吴烈妇姓戴名贤,字德芳,娘家婆家都是徽州商人家庭。早年,两家因为都做盐业生意而迁至杭州,早早定了亲。戴贤十岁大的时候父亲就去世了,当时她悲痛得如同大人一样,旁边的人看了都唏嘘不已,感慨她是个孝女。

十七岁那年,戴贤嫁给了自幼就定了亲的杭州诸生(秀才)吴锡。吴锡自幼就聪明过人,而且好学,周围的人们都称他为神童。

吴锡本来体质较弱,娶亲后不到一年就得了痨病,且渐渐加重了起来。新媳妇戴贤非常焦急,唯有不解衣带地精心服侍,可吴锡的病依旧不见好转。戴贤在服侍丈夫之隙,便日夜在家庙里跪拜祈祷。她祷告上天,愿意将自己的阳寿换得丈夫吴锡的健康,且含泪告诉吴锡,愿意自己先死。吴锡听了便说:"你真傻,千万别有这个想法!你这样的话,我会更伤心,这不是催我快点死么!"戴贤听丈夫这样说了,便含泪抑制了自己的这一念头。

吴锡的病情不见好转,且越来越重了,不久,终于不治而死了。举家办丧事时,戴贤哭天抢地,悲痛欲绝,说自己也不想活了。她几度用头猛烈地撞棺材,直到撞得头破血流,哭着决心要随丈夫一道去,可到底还是被母亲和婆婆拉住了,没有死成。

后来,戴贤又换好了自己的贴身衣服,用针线将领口和衣襟细细缝合后,数次上吊自杀,也都被家里人发现,而将她救下。以后的几天里,她又趁人不备时吞了金戒指,依旧没有死成。

戴贤的母亲看到她这个样子,便含着泪对她说:"女儿啊,打小人们都说你是孝女,你想想看,我现在还健在,你怎么可以去死呢?"

戴贤果断地说:"嫁鸡者随鸡,我生是吴锡的人,他死我也只有随他而去了。照顾母亲,有我兄弟!"

公公婆婆也多次劝戴贤说:"我们可以给吴锡这房过继一个儿子,让他也有子嗣后代,这样你就要抚养孩子,加之我们渐渐老了,也需要你的照顾啊。"

戴贤依旧说:"侍奉公婆有小叔子在,要给吴锡过继儿子一事,你们自己解决,我是吴锡的人,去意已决!"

贞节牌坊

徽商故事（清代）

戴贤的家人反复劝说，动之以情，晓之以理，怎奈她不为所动，固执己见。家人只好紧紧看着她，不让她有一点儿机会去死。

在吴锡死后四十多天后，戴贤长叹一声道："先夫啊！早想随你去的，可是，没想到，我到现在还活在人间。"

至此，戴贤对身边的婢女交代说："我死后，入殓时不要换我里面的衣服，更不要让画工为我画容貌而见到我的面，我的身心只属于先夫吴锡。"说罢，从那一天起，她就开始了绝食，家人怎么劝她也不进一口，到了第七天，仅存一息的戴贤将金簪子一折数段，并且和着碎玻璃一道吞咽了下去。顿时，她肝胆破裂，吐出胆汁和血水有几升后惨烈死去了。

戴贤终究还是为夫而殉死了，成为一名烈妇。为了表彰这样的殉夫举动，当时自巡抚、都御史以下的官员皆来吊祭。后来，亲戚家人感慨她义无反顾、慷慨殉夫的壮烈之举，便凑钱在西湖之畔的葛岭建造了这样一座祠堂，取名"吞金祠"。

（谢燎原）

诚一嫂三拒金银担

　　清乾隆二十九年(1764)，在安徽寿县经商的徽商汪志达带着女儿回故乡歙县，是来送女儿到棠樾鲍家完婚。然而一上鲍家门，他不由得大吃一惊：想不到远近闻名的书香官宦门第——"宣忠堂"，却变得如此破落不堪：庭院荒凉，家徒四壁，老友兼亲家鲍宜瑗卧病在床，衣单人瘦，窘困之状，不堪言喻，许多往事陡然涌上心头，顿时十分伤感。但是多年的交情和了解，使他没有怀疑自己的信念，他觉得老友形容虽略消瘦，但音吐洪畅，器宇宏伟，一如既往；最可幸的是子侄辈举止

棠樾牌坊群

徽商故事（清代）

温存,处事恭谨,世家风度不减,尤其是未婚女婿鲍志道更是如此,遂坚信鲍家今后必定会重新昌盛。因此,他按照婚约,让女儿与鲍志道办完了婚事。鲍志道,字诚一,于是汪氏成了鲍家的"诚一嫂"。

诚一嫂过门后,牢记家教,恪守妇范,与丈夫同甘共苦,"鹿车共挽",忍受着"终岁食贫"的生活,一双大家闺秀的嫩手便长满了厚厚的茧子。不久,公公鲍宜瑗仙逝了。为了家道的复兴,鲍志道只得外出经商,留下一个贫困的家给了诚一嫂。此时,婆婆又一病不起,小叔子鲍启运还很幼小,年轻的诚一嫂既当媳妇,又当嫂娘,还要维持这个贫困的家。乡亲们都为她捏着一把汗,但她从不叫苦,只管埋头苦干,咬着牙挑着生活的重担。于是宗族的人都向她竖起了大拇指,尊称她:"诚一嫂"。

这一年冬天,霜冻比往年来得早,穷人家户户争着砍柴,以应付年关急用。诚一嫂也是如此,她一大早起来,利索地忙完了灶头上的事,安顿了婆婆和小叔子,便抓着柴担、担柱和柴刀出了门,独自到一座叫"赤坎山"去砍柴。路上她一边走一边想:丈夫鲍志道外出做生意,已是第五个年头了,据说现在在扬州,也不知情况如何? 每到年关,她的心里总是惴惴不安,惦记着男人的来信,盼望着带来好消息……想着想着,她不知不觉地到了赤坎山顶的柴草丛中。她立即挥动柴刀砍了起来,没有一会工夫,脚快手快的诚一嫂已砍了许多。这里还斜倒着她前几天砍下的柴草,经过风吹日晒已经半干,于是她把刚砍下的柴棒包裹在已经半干的柴草中,捆起了一担柴,把两头尖尖的杉木柴担插进柴草中,稍微掂了掂轻重,便上了肩膀,挽上担柱,快步地挑下山来。

刚走到七星墩旁边,她用担柱撑住柴担,歇一下脚。迎面走来两个挑竹篓担的男人:一个约莫二十多岁,一个有三十开外,棉袄短褂,大步流星。两副担子扁担颤悠悠的,看起来沉甸甸的。

这两个挑担的一见诚一嫂,赶忙上前打招呼:"大嫂,请问棠樾鲍清一家在哪里?"

诚一嫂抬头一看,心里想道:"听话音,这两个脚夫不像是本地人,他们是来找我家的吗? ……不对! ……"她迟疑着顾不上回话。

两个脚夫又用扬州话问了一句:"请问鲍清一家在哪里?"

诚一嫂突然想起:说不定是打听村头的清益家,听说她倌客(丈夫)前天来了信。对,不错! 她就把鲍清益家坐落在那里,门楼是个什么样子,都一五一十地同两个脚夫说了。

两个脚夫便道了谢,将担子换了换肩,兴冲冲地上路了,一路上还念念有词:"顺着石板路往西走,穿过三个牌坊一个亭,祠堂拐弯左边行……"

诚一嫂目送他们走远,才觉得要赶快回家做事,便急忙挑起柴担,直蹬蹬地一口气挑到了自家门口。她把柴担撂下后,马上进厨房打水、淘米、生火做饭。刚刚把这些事忙好,忽又听见堂前有人走动讲话。

一个望着厅堂上的匾,说:"这不就是宣忠堂吗?"

另一个应和着说:"是啊! 怎么没有人呢? 老爷、奶奶呢?"

诚一嫂听着,便好生奇怪:今天哪来这些外路人? 便走出厨房一张望,心里说:"呀,这不是路上遇着的两个挑担的脚夫吗?"

没等她张口说话,两个脚夫就急忙抢着说话,一个说:"哎呀,大嫂,你告诉我们的,不对呀! 我们要找的是'宣忠堂'里的清一嫂,不是'诚孝堂'的清益嫂! ……"

还未等那个说完,另一个就抢着说:"鲍老爷吩咐过,叫我们把两担银子交给您,请您点点数。鲍老爷在徽州城里办完事便来。你看,这篓上的封条还是他亲手写的呢!"

诚一嫂却仍觉得这事真蹊跷,心里想:"他们说的鲍老爷是谁呢?"

棠樾鲍氏支祠

便皱着眉头说："不错，这里是宣忠堂。但宣忠堂的房头还多呀！你们是找哪个房头呢？"

两个脚夫你看我，我看你，面面相觑，答不出来，只是搓手抓腮。

诚一嫂也忍不住笑了起来，心里想道：这事没有弄清楚，稀里糊涂地接了银子，不让人家笑话吗？她看到眼前这尴尬的场面，也觉得有些难为人，便一面倒茶，一面让座，又放低嗓门，细声细语地对两个脚夫说："要不，你们去问问宣忠堂大房清吉奶奶，他男人也在扬州做盐务十多年啦，这银子准是他捎回家过年的……"

两个脚夫听了诚一嫂的话，也没了主意，只埋怨东家没有把情况交代清楚。便又挑起两副担子，照诚一嫂指的路，穿过了一条巷弄，找到了大房清吉奶奶家。两人把门敲开，将担子歇在天井院里，向清吉奶奶一五一十说完了送银子找不到主子的事。

清吉奶奶笑嘻嘻地说："难为二位客爷了。不过我家老板不多天已把年货、银子托人送回家来了。你们这银担八九是二房诚一嫂家的。外界都说,诚一爷在扬州发财了,那还有假?"

两位脚夫听了这话,连连点头:"对,对!鲍老爷精明能干,又吉人天相,这几年财运亨通,真的发啦!"说罢,两人将银担子往肩上一甩,掉头又奔中街宣忠堂老屋而来。

这时候,诚一嫂刚吃完饭洗好锅碗,解下围裙到堂前来,端上针线蒲篮,准备给小叔补衣裳,屁股还没有坐稳。

不提防两个脚夫又闯了进来,劈头一句话便是:"诚一嫂,哦,不是……大少奶奶!这一回无论如何您得收下了!您再不收,我们对老爷可不好交代了。"

诚一嫂还有一些疑问,她心里想着,便说着:"这以前,外间是有风言风语,传言诚一发了。可俗话说,'十里无真信',这千百里的事谁吃得准?"

两个脚夫说:"要不,您把封条打开,里面有清单,点一点数就明白了。"

诚一嫂仍然坚持说:"无凭无据,没有一封亲笔信,我能受这意外之财?这封条若打开,篓担若不是自己的东西,岂不是违犯了我们曾祖士臣先生的教诲?他说,商家以'诚信'二字为重,切不可见利忘义。"

两个脚夫更无奈了。此时,两个脚夫肚子已饿得咕咕叫了,而自己的差事还未曾了结。

诚一嫂看他们那个样子,便觉察到他们准是饿了,便转身从厨房里端出一碗黄澄澄的茶叶蛋,笑盈盈地说:"别急,你们俩先吃点茶叶蛋,我去煮碗面给你们吃。再等一会吧。你们不是说鲍先生在徽州府办事吗?估计也快要来了,他一来不是就清楚了吗?"说完,又进了厨房。

徽商故事（清代）

这两个脚夫吮吮嘴唇，彼此点点头，便也顾不得客气，动手剥起茶叶蛋，大口大口地吃起来了。边吃还忍不住悄悄说着："这个大奶奶，有银子都不要，害得我们两个三进四出，哎，真拿她没有办法。不过，她这种不贪意外之财的精神，倒是令人钦佩！"

正吃着说着，忽听得门厅里响起了脚步声，而且门外有人大声地招呼道："诚一哥回来啦！"话音刚落，只见一个体格魁梧，身穿缎面长袍马褂，双目炯炯，红光满面的男子汉，迈着轻快的步履，眨眼间走到厅堂上。

两个脚夫见了，连忙站起来，向他施礼作揖，齐声道："大老爷来啦，你辛苦了！"

诚一嫂从厨房里向外一看，果然是自己五年未见的日思夜想的丈夫回来了。她连忙从厨房里走到堂前，睁大眼端详着丈夫，但见他脸色红润，喜气洋洋，阔绰多了，竟高兴得许久说不出话来。

而鲍诚一（志道）乍一见到妻子，虽然面容依旧，但显然消瘦多了。他也找不到恰当的话头。双方便呈现出一种尴尬的样子。

还是两个脚夫看到眼前的情景，哧哧笑道："大老爷！这两担银子，大少奶奶好歹不收，她说没有您的手示，来历不明啊。我们两个到现在还交不了差啊！"

马蹄银

鲍诚一听了，哈哈大笑说："对，对，对！这都怪我疏忽。这种事，我的曾祖士臣公最讲究了！夫人她也是遵循祖训。好吧，请你们都把篓上的封条撕下，打开来看看吧！"

两个脚夫随即七上八下地打开竹篓盖子，只见雪亮花花的马蹄银，放射出簇簇亮光，闪闪刺眼。银锭上放着一张八行书信笺，上面端端正正地写着："棠樾宣忠堂鲍志道妻汪氏家：兹奉上纹银二千两，供年终家用。鲍诚一。乾隆三十四年十二月"。

此刻，勤俭的诚一嫂眼眶湿润了，她盼呀盼呀，将满腔的希望都寄托在自己的倌客身上，一年又一年！她知道，自己在家所做的一切，都是支持丈夫在外经商有道，经商有成，但从来没有多少非分之想，她简直不相信这一天来得这样快！

不过，她也没有想到"诚一嫂三拒金银担"的趣事，从此成为诚信的口碑流传在民间。

（鲍树民　张恺）

棠樾村今貌

鲍志道与"如意鸡"

鲍志道是著名的徽州盐商,"如意鸡"是一种特殊烹调方式制作的鸡,他们二者有什么关系? 这还是发生在鲍志道年轻时候的事情。

鲍志道画像

那是一个秋冬时节,年轻的鲍志道在棠樾附近的一座山上打柴。他脚下的龙山慈孝堂已是倾颓残破,庭院荒芜,废墟上荆棘丛生,鸦雀乱飞。眼看薄暮时分到了,鲍志道将打好的柴捆好,并插上了柴担,稍掂了掂便扛上了肩膀。他下意识地向四周瞅了一下,便匆匆地挑下山来。不知什么缘故,他的心神有些不安定,而那担柴也似乎没有捆紧,所以在经过山岭石阶时,几步一哆嗦,那稻草绳就松了。他只得歇下来重新捆紧。

正在这时,忽听得远处有人奔

跑的脚步声,和一阵一阵的"捉贼啊!"的喊叫声。刹那间,就有一个衣衫褴褛的人惊慌地跑到鲍志道跟前。只见他二话不说,就连连地向鲍志道叩首作揖,苦苦哀求放过他,救他一命。鲍志道还来不及答话,那人回头一看,就呼地钻入一堵断墙背后。

说时迟那时快,一伙手持锄头、棍棒的人赶到鲍志道面前,立即询问道:"刚才有个'叉鸡贼'跑出来了,你看见没有?"

鲍志道心中想道:"我还是积点阴德吧,这偷鸡做贼的人大多是穷苦人……"于是他伸手向前面虚晃一指,说:"往那右边庙后村去了!"那些捉贼的人便迅速向庙后村追赶而去。

待捉贼人去远,鲍志道便招呼躲藏在断墙后的"叉鸡人"快出来走。

那"叉鸡人"立即出来,向鲍志道磕头拜揖,说:"你的大恩大德,来日报答!"然后匆匆离去。

鲍志道目送"叉鸡人"离去,就挑起捆紧的一担柴,沿着横路塘石板路向家中而去。他一边走一边在想:"为什么穷人也有两只手,却挣不到饭吃,过不上好日子,最后不得已,只有偷?难道就没有别的路可走吗?"他想来想去,不觉间已到了宣忠堂家门口。

次日清早,鲍志道坐在天井阶沿上,直愣愣地望着天井外一群嬉戏的麻雀,只见那些麻雀叽叽喳喳,一步一跳,七上八下,怪开心的。突然间,有两只麻雀互相啄斗,竟像公鸡打斗一样,这只一步一进,那只一步一退,然后互相转换,斗了有好几个来回。后来,鲍志道在闲谈中把自己所见说给旁人听。老人们便说,这是你命中有吉兆。还说,你鲍志道看见麻雀走路,将来必定要大富大贵。

这些日子,鲍志道正觉得老在家中这么待下去,哪有什么好日子,于是便筹划着出门做生意。他母亲也在忙着替他料理行李,希望能够选个好日子让儿子动身。

徽商故事（清代）

　　这天，鲍志道来到附近的三元庵里，那大殿上灯光微弱，神龛中的菩萨隐现在灯光下。鲍志道点燃了三根香火，插进香炉中，然后双膝跪在菩萨座前，口中低声祷告，祈求神灵保佑，让自己解脱贫困厄运。然后他双手端起签筒，刚要抽签占卜。冷不防从黑暗中钻出一个人来，直把他吓了一跳。

　　只见那人手上捧着一个泥巴团团，对着他喃喃地说："先生，你尝尝吧，这是火煨的鸡，很好吃。难得你救了我的命！"

　　鲍志道定睛一看，原来是前些天在龙山遇到的那个"叉鸡人"，看着他手中捧着一团泥巴疙瘩，便有些摸不着头脑。

　　那"叉鸡人"见鲍志道不理解，便马上把手中的泥巴团"扑通"往地上一砸，顿时泥巴落去，鸡毛粘在泥巴中，露出一只煨熟的红蜡蜡的鸡，香喷喷的味道直扑入鼻，令人不由得馋涎欲滴。接着，"叉鸡人"向鲍志道一五一十地诉说着自己的不幸身世，并介绍了泥巴煨鸡的做法。

　　鲍志道听完他的一番话，便非常激动地接过了泥巴煨鸡，然后转身撩起衣裾包裹着，趁着暮霭的余光，跐着脚步返回家中。

　　母亲见他回家这么晚，不知发生了什么事，便走去问他。鲍志道如实地告诉了母亲。母亲便安慰说："明天你就要出门了，家中也没有好吃的，这鸡你就带上路吃吧。"说完，就把那鸡装进了路菜筒中。

　　鲍志道背着包袱离开了家乡。这一回他果真交上了发财的吉祥好运：一条缙绅大贾的船将他带到了扬州，百万富翁、同是歙县人的吴宾野一眼看中了他，让他担任了自己的盐务经理。鲍志道精谋细算，稳操盐业经营消长的形势，使赢利迅速成倍地激增。没有几年，吴氏产业因得人才而大为发展。吴老板更对鲍志道另眼相待，慷慨地分给一部分产业，任凭他单独经营。鲍志道便时来运转，多年的梦想变成了现实，于是大展宏图，一跃成为"藏镪百万"的大盐商，并且被推选为两淮盐务总商,声望享誉大江南北。

繁华的扬州是清王朝的东南重镇,乾隆皇帝六次南巡曾驻跸此地。担任接驾任务的都是以徽商为主体的盐商,他们争奇斗异,花费数百万两银子,有的平地造起海市蜃楼,有的甚至一夜间造成一座白塔,恭迎圣驾。这次辉煌的盛典,万事齐备,就差一个合适的人去接驾。众盐商挑来选去,都胆怯地担心"伴君如伴虎,讲错话被杀头",谁也不敢去,最后把这差事摊到鲍志道身上,理由是:第一,他是两淮盐务总商;第二,他人品端庄,机敏灵巧,善于应对。鲍志道也只好义不容辞地去了。

在恭奉圣驾的大庆之日,扬州著名园林都装点一新,奇珍异宝,琳琅满目。鲍志道听说过乾隆皇帝在南方打猎时,曾在一处山棚里,吃过老农做的鸡汁苞芦馃和蕨烧猪肉,后来回到皇宫还赞不绝口,曾派大臣到徽州遍访徽州名菜的故事,因此这次正是邀功受赏的好机会。他特别配备了徽菜名厨,将各种美味佳肴督办齐全,如什么冬笋炖鳖啦,红嘴绿鹦哥、青镶白玉板啦……每做好一道菜,他都要亲自检查色、香、味。厨师们也都个个精心制作,不敢马虎。

当乾隆皇帝在江园画楼上酒过三巡时,身穿通奉大夫二品官服的

鲍氏如意鸡

徽商故事（清代）

鲍志道，毕恭毕敬地端上特意加料制作的传统名菜"鲍氏火煨鸡"，宴席上顿时芳香四溢。乾隆皇帝品尝后，龙心大悦，即席夸奖说："朕从来没有吃过这种色香味三绝的烧鸡！它叫什么了着？"

鲍志道受宠若惊，竟一时答不上来。

乾隆皇帝接着说："好吧，朕祝爱卿生财有道，万事如意！就取名'如意鸡'吧！"

此后，鲍家逢年过节，都要按照祖上传下来的作料配方，烧制鲜嫩、芳香而又富含营养的"如意鸡"。这个习俗一直延续到民国十七年，鲍志道的后人鲍挺生出门学生意，他的母亲还特意给他做"如意鸡"吃。用意自然是希望庇荫祖福，以图吉兆。

（鲍树民　张恺）

鲍嵇庵趣行义事

鲍嵇庵是歙县棠樾著名盐商鲍志道的曾孙。他生在官商门第，书香世家，自幼便过着天之骄子般的生活。他秉性聪颖，能书善画，擅长诗文，性情颇为放荡不羁，似乎又有点玩世不恭。他羡慕魏晋时"竹林七贤"之一的嵇康，遂自改名为嵇庵。他平日的举动常使人发噱好笑，被人雅称为小孟大爷，他也乐意接受，并以此为字。棠樾鲍家素来乐善好施，鲍嵇庵生平也多行义事，因为他性格幽默，所以在行善仗义中也颇有风趣色彩。

先说一桩"刨驴屁股棍"的趣事。

话说鲍嵇庵从扬州回到家乡棠樾，许多本家们闻知，都前来问短道长，谈叙往事。有些手头拮据的亲房，不免唠叨几句，诉一些苦。鲍嵇庵听了，也总是慷慨解囊，从不吝啬。众人都赞鲍嵇庵"乐善好施，积阴德"。

有个木匠姓张，是客居棠樾的人，拖男带女的，生活颇艰，正愁没有事做，也附和着求助于鲍嵇庵，说着："鲍老爷！我这日子实在难啊，您老匀点事给我做做吧。"

鲍嵇庵初回家乡，又不兴土木，哪有什么木匠活给他做呢？他虽然是客居的人，但也不能拨他的面子，于是眨了眨眼，低着头想了一想说："好吧,你不是木匠吗？明天把家伙带来,就在这厅上上工。"

张木匠高兴地作了个揖,连声"多谢",便回家去了。第二天一早,张木匠把斧头、锯、推刨等各种家伙都带来了。见着鲍嵇庵便说："鲍老爷,早安！做什么活,请鲍老爷吩咐。"

鲍嵇庵正端着大烟筒在抽烟,见他前来,便指着厅前摆放的一段水桶般粗硕的杉木,说："你就加工这段杉树吧。但记着,不要用斧头劈,要用推刨刨,刨成圆的。你就刨吧。"

张木匠便照着鲍嵇庵的话,不敢怠慢,就立即动手干了起来。他起劲地刨啊,刨啊,从早到晚,把杉树刨圆了。

第二天上工,张木匠对鲍嵇庵说："鲍老爷,按照您的吩咐,我已经刨圆了,请过目。"

鲍嵇庵认真仔细地瞅着眼前这刨好的杉木,光洁浑圆,真如一根好屋柱。但他却又眯着眼,慢吞吞的念念有词："古人云:'宁方为皂,不圆为卿'。啊,圆不如方。你还是替我刨成方的吧,仍旧不要斧头劈！"

张木匠心中闷闷不解,但又不敢直说,只好按照吩咐,端起了墨斗在圆木上打了几条线,然后哧、哧、哧地一个劲刨了起来。不准用斧头劈,这样三五个工也刨不好。张木匠使劲地刨了整整四天,一根大圆柱子总算刨成一段方柱。

谁知,到第五天清早,鲍嵇庵对着那段刨得有棱有角的方柱一看,心想,这张木匠的手艺确是不错,但面上却狡黠地笑了一笑,又低着头喃喃地念道："古人又云'左手画圆,右手画方,不能两全。'好！好！张木匠,请你再给我刨成圆的！"

张木匠一听,真的发呆了,回过头正要想问,却见那鲍老爷已袖拢双手,踱着方步走开了。他无奈地只好弯下腰,拿起推刨又动手刨了起来。像这样刨呀,刨呀,圆的刨方的,方的再刨成圆的,那鲍老爷似乎总是摇头晃脑不满意。于是一个多月过去了,一根粗硕的大杉木被刨成了一个农民用的草耙柄。

此时,张木匠实在着急了,斗胆向鲍老爷问道:"鲍老爷,您老人家到底要做个什么呀?"

鲍嵇庵咧嘴一笑道:"我的小毛驴,缺一根赶屁股的棍子。你看!你刨的这一根粗细正好,再锯得短一些就行了。"

张木匠愣了半天,大声说:"哎呀!您老早点说嘛,不就早点做好啦,刨了这么多天!"

鲍嵇庵却哈哈大笑,说:"你不是叫我匀点事给你做吗?做个三两天,对你有何用呢?"说着,吩咐家人按照张木匠所用的工把账算了。

张木匠傻了,半天也说不出话来,心中想道:"原来,鲍老爷是在救济我呀!"

鲍氏祠堂——敦本堂

徽商故事（清代）

再说一个鲍稺庵除夕暗中送元宝的事。

鲍稺庵做仁义之事，做法总跟别人不一样，他要叫乡亲们不知不觉中受到他的恩惠。

有一年到了大年三十夜，天空中乌蒙蒙地飘洒着雪花，棠樾村的大户人家都在忙着煎鱼烧肉，摆酒开宴，吃"封岁团圆饭"了。但还有一些家道不济的穷户人家，冰锅冷灶，哭丧着脸，不知怎样才能过年。这种情况，鲍稺庵是看在眼中，记在心上的。但怎么去帮助他们呢？公然去资助，是自己素来不为的。他想啊想，终于想出一个好办法。

他把管家和佣人都叫到库房里来，要他们把三两、五两、十两的银锭和元宝，包成大大小小的红纸包，满满的装了一担三斗箩。他朝外面一看，时间不早了，街巷里都关门闭户了。他便领着管家和一个佣人出门了，佣人挑着银子元宝，管家打着灯笼，按照鲍稺庵指点的路线，一家一户地从门缝里塞进红纸包。比如清吉嫂中年守寡，元敏叔孤独一人，这样的困难户，都塞进了红纸包。没有多久，村前村后，大街小巷，元宝银子红纸包都送完了。

鲍稺庵回到家后，躺在床上，为自己巧妙地做了一件积德的美事，心里感到乐滋滋的，怎么也合不着眼，转侧之间天便亮了。

大年初一早晨，村子里噼里啪啦的爆竹声，恭喜发财的拜年声响成一片。大街小巷，男女老少，都嘻嘻哈哈地笑得合不拢嘴，大家奔走相告："昨夜，财神菩萨真的送元宝来了！"

（鲍树民　张恺）